U0462204

# 写给杜拉斯的信
## Duras, L'impossible

**Danielle Laurin**

［加］达尼埃尔·洛兰 / 著

黄荭 / 译

海天出版社（中国·深圳）

图书在版编目(CIP)数据

写给杜拉斯的信 / (加) 达尼埃尔·洛兰
(Danielle Laurin) 著; 黄荭译. — 深圳: 海天出版
社, 2017.1
　(枫译丛)
　ISBN 978-7-5507-1689-6

　Ⅰ.①写… Ⅱ.①达… ②黄… Ⅲ.①散文集—加拿
大—现代 Ⅳ.①I711.65

中国版本图书馆CIP数据核字(2016)第159399号

版权登记号　图字: 19-2016-012 号
Duras, L'impossible
Danielle Laurin
©2014, Éditions Québec Amérique inc.
All Rights Reserved

## 写给杜拉斯的信
XIE GEI DULASI DE XIN

| | |
|---|---|
| 出 品 人 | 聂雄前 |
| 责任编辑 | 林凌珠　岑诗楠 |
| 责任校对 | 张　玫 |
| 责任技编 | 蔡梅琴 |
| 封面设计 | 知行格致 |

| | |
|---|---|
| 出版发行 | 海天出版社 |
| 地　　址 | 深圳市彩田南路海天综合大厦　(518033) |
| 网　　址 | www.htph.com.cn |
| 订购电话 | 0755-83460293(批发)　83460397(邮购) |
| 设计制作 | 深圳市龙墨文化传播有限公司 (电话: 0755-83461000) |
| 印　　刷 | 深圳市美达印刷有限公司 |
| 开　　本 | 787mm×1092mm　1/32 |
| 印　　张 | 6.75 |
| 字　　数 | 100千 |
| 版　　次 | 2017年1月第1版 |
| 印　　次 | 2017年1月第1次 |
| 定　　价 | 32.00元 |

海天版图书版权所有，侵权必究。

海天版图书凡有印装质量问题，请随时向承印厂调换。

写一辈子，这让人学会写作。

但这无法拯救。

——玛格丽特·杜拉斯

# 序

　　走进杜拉斯的世界，就像走进另一个世界，走进想象的世界，迷失自己，变成另一个自己，仿佛有了分身术，任自己迷失，从自我的牢笼中逃离，加入一场神秘的旅行，如果坦露真实的自己，我们会冒很大的风险。

　　达尼埃尔·洛兰在她充满神奇和浪漫气息的文本中做的正是这样的尝试，虽然一切都已言明，虽然她已把所有牌都摊在桌上。

　　不可能把这本书归类到任何已经存在的文学体裁中去：它不是散文，不是档案，也不是自传，而是一种撕裂自己、强烈地想换一种生活的欲望。

　　是的，你可以决定"过自己想要的生活"，就像戈达尔一部美妙的电影中所说的那样,当你被一个作家的文字迷住,它向你揭示的是那部分你所未知的自己。

于是,你松开锚:先只是个念头,然后付诸行动。达尼埃尔在内心深处感受到的存在的震撼把她引到了法国,为了看一看她的偶像是否像她所想象的那么至高无上、颠倒众生。

这本书的奥秘就在于此,或者说所有谈论文学的意义的书,其奥秘都在于此:是否人如其文,玛格丽特·杜拉斯是不是就像玛格丽特·杜拉斯作品中所写的一样?

我们知道,有时候最好满足于读作品,而不要去认识我们所推崇的作家本人。

但达尼埃尔,就像是刘易斯·卡罗尔笔下的爱丽丝小妹妹,知道自己想穿过镜子到另一边,遇见活生生的偶像,哪怕会让自己失望。她甚至已经做好了失望的准备。

奇迹也由此而生。但在这里不能说太多,因为这本书里有很多悬念。它当然是在向这个将要穿越21世纪的伟大的女作家致敬，但同时也让一位因阅读杜拉斯的书而彻底改变的人坦露无遗，正是那些书给了她冲动、勇气、力量和生之幸福。

这本书读上去就像是一本侦探小说，也像一个角色扮演游戏。它让我们感动，让我们困惑，却一直保守着它的秘密：这样最好，生活就是阅读，而阅读同样也是生活。

劳尔·阿德莱尔①

① 劳尔·阿德莱尔，法国作家、记者、出版人，曾任法国总统府文化顾问，杜拉斯研究专家。

1955年，玛格丽特·杜拉斯41岁，她刚写出第一部戏剧《广场》

# 目　录

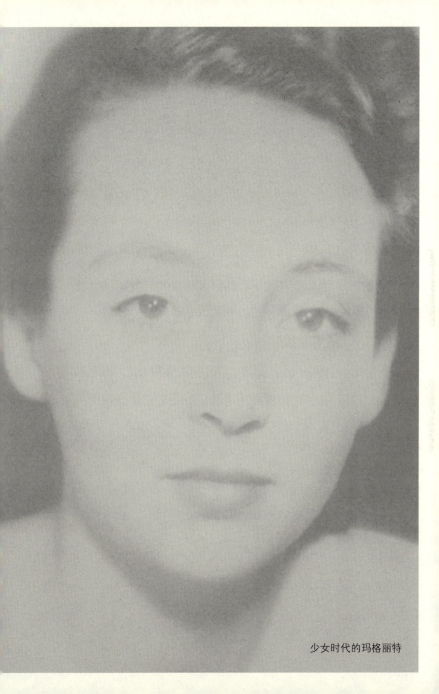
少女时代的玛格丽特

# 痛　苦

当你走进我的生活，我十九岁。我不知道自己是谁。我想死。但我死不了。

那是一个傍晚。天色晦暗阴冷。那是一月，一年中最糟糕的季节。我走着，在冰冷的一月，走在蒙特利尔的圣德尼街。

我穿着母亲那件旧的灰色貂皮大衣，有印度绣花的蓝色长裙，我最喜欢的裙子。我承受着世上所有的痛苦。我当时就是这样想的。

D走了。他离开了帕尔特奈街的公寓，至

今应该已经有一年了。我还没有缓过来，我想我永远都好不了了。

我不想听任何理性的、宽慰的话。我把所有的好意、温柔和理智都关在门外。我不知道要拿自己怎么办，拿这份痛苦怎么办。

就这样突然落在我的头上：从此爱情的天真无邪与我永隔。有的只是 D 不爱我了，我为失去的纯真哭泣。徒然地哀悼这一失去。

我看不到出路。

我不想回帕尔特奈街的公寓。我不想看到那个蓝色的小房间，我们的房间。我不想把头埋在 D 的旧睡衣里，喊着他的名字，不为什么。我什么都不再想要。

我走着，在一月冰冷的寒气里。我朝你走去，但我自己还不知道。

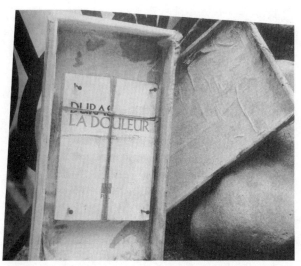

杜拉斯《痛苦》法文版

# 迷　狂

在我的包里，有一本《劳尔·V.斯坦的迷
狂》①。

是 T 给我的。

"读读这本书。"

T 是我的闺蜜。陪我难过，也陪我做那些
异想天开的梦。

我们是在大学里认识的，在一堂关于鲍里
斯·维昂的课上。我们一起发现了精神分析这个
新领域。我们被拉康的"无意识"和缺陷理论迷

———————

① 中译本为《劳儿的劫持》或《劳儿之劫》。

住了。我们喜欢所有不完整的东西，还有抛弃既定秩序、理性，父亲和丈夫的家长式教诲的一切。

　　T 和我都有一种深深的绝望，让我们生不如死。还有一种无边无际无法圈定的欲望。是它让我们死不了？

　　"读读这本书。"

我走进一家咖啡馆，要了一杯烈酒，点上一支香烟，随手翻开《劳尔·V.斯坦的迷狂》。我读到这个句子："人们永远都不会完全从激情中恢复。"

读《迷狂》的姑娘

# 无　知

　　我不知道《劳尔·V.斯坦的迷狂》是一本大受追捧的书。我不知道您，虽然您很有名。您不是一个大众作家，远不是。但备受一小群行家的推崇，是的，您是的。对他们而言，您已经成了一个传奇。

　　那是20世纪70年代末，您还没在扬·安德烈亚的陪同下来蒙特利尔。年轻的他是同性恋，你们互相喜欢，愿意放低自己，他像影子一样追随着您。那时候他还是哲学系的学生，他给您写了一堆崇拜的、热烈的信。这些信都没有得到回复。他二十几岁；您，您已经年过六十。

手上戴着几个戒指，大大的，亮闪闪的。宽边、古板的黑眼镜。短发，中性，谈不上什么发型。一脸的自负。黑色的高领套头衫，直筒裙，橡胶短靴。那一时期的照片上您就是这样一副模样。

您还没有去诺伊接受戒毒治疗，那次经历给了扬·安德烈亚写《M.D.》①的灵感。您也还没因酒精中毒而陷入长达几个月之久的昏迷，那次可怕的昏迷，醒来后您神情恍惚，形容枯槁，嗓子也彻底坏了。

您离获得龚古尔奖的《情人》、离成功和被大众认可还很远，非常非常远。您还处在您的电影系列里。在两部电影之间，您一个人把自己

———————————————

① 中文版译成《我的情人杜拉斯》，海天出版社，2000版

关在诺弗勒城堡的乡下房子里，几天，几星期。不然，您就躲到您在特鲁维尔面朝大海的黑岩旅馆的公寓里。

您喝酒。据说每天六升红酒。还有烈酒。所有您可以到手的酒。从早喝到晚，甚至在夜里，您也喝，据说。

很快，扬·安德烈亚也加入了您的行列。"最糟糕的，是不能去爱。"

您收到信，很多的信。不只是扬·安德烈亚写的，他想见您想得要死。还有您的读者，您的粉丝，还有诋毁您的人，所有人，不管是谁都给您写信。除了我，我还没给您写信。我对您一无所知。

在印度支那的童年。和罗贝尔·昂泰尔姆结婚。巴黎圣伯努瓦街的公寓。抵抗运动，弗朗索瓦·密特朗，等待随时会死在集中营的罗贝尔·昂泰尔姆。迪奥尼斯·马斯科罗，您和他生的儿子。加入共产党，被开除党籍。写作，不顾一切。致命的激情，几次三番。言语的粗暴。孤独，越来越沉溺于酒精。《毁灭吧，她说》。女性主义。诺弗勒城堡，黑岩旅馆……这一切我都一无所知。

关于您的生活、您的书、您的电影，我绝对一无所知。

《印度之歌》。我不知道有这样一部电影存在。那些错位的对白，说着不可能的爱情。夜里朝拉合尔的麻风病人开枪的副领事绝望的喊叫。还有长满疥疮的、掉光了牙齿的女乞丐的喊

India Song

um filme escrito e realizado por

Marguerite Duras

电影《印度之歌》海报

叫，她疯了，到处流浪。那音乐，卡尔洛·达莱西奥的音乐，契合了加尔各答的愁郁和湿气。那缓慢，那些一动不动的长镜头。穿晚礼服的德菲因·塞里格……"我以一种绝对的欲望爱着您。"

《广岛之恋》中的艾玛纽埃尔·丽娃："你害了我，你对我真好。"我也不知道可以有这样的感情存在。怎么可能？我不知道您的存在。

我十九岁，我不知道自己是谁，我想死。但我死不了。

# 语　境

对我而言，20世纪70年代末，还是阶级斗争和无产阶级专政的年代。在蒙特利尔的魁北克大学的走廊和教室里，不管是在文学还是其他领域：同样的界线，同样的斗争。尽管共产主义的光环已经不再是完美无瑕了。

那也是激进的女权主义时期，不允许任何偏差、任何对敌人的妥协。共产主义和女权主义，若说二者是出于需要结成联盟，却貌合神离地分享我们所谓的公共大学的教室和走廊。

我没有参加任何政治组织，任何女权运

动。我不是激进分子。我什么都不是，我谁都不是。

　　我怀疑一切。从怀疑自己开始。

　　那天晚上，一个人，在圣德尼街的咖啡馆里，阅读《劳尔·V.斯坦的迷狂》，之后是在蓝色的小房间里重读，我重新认识了自己。

　　仿佛这本书谈的就是我。跟我完全契合，我的无所事事，我的空虚，我的痛苦。

# 启　示

　　那正是我在不知不觉的状态下所寻找的，我永远也找不到的东西。这本书打开了我一直压抑的激情。或许这本书说的就是这个。也是这个？

　　我不太清楚自己身上发生了什么。我也不太清楚书中发生了什么。但是我就是劳尔·V.斯坦，被她自己迷住了。劳尔·瓦莱里·斯坦，迷失在大街上，流浪，疯狂。劳尔，在死亡的边缘。

　　这是启示。这本书就是为我写的。由我写的。

# 迷　恋

　　我是劳尔，我要成为杜拉斯迷。我要读您所有的书，所有的。我想见您，您。这已经成了一种执念。我像您一样写作，像您一样思考，用您的眼光去看、去体验。我被迷住了。T也一样。

　　那是罗兰·巴特在我们大学风行的年代，符号学家巴特，但我们，T和我，更喜欢文学家巴特。拉康也是，在和我们经常来往的两个另类老师的口中经常被提及。谈到拉康，被压抑的欲望，爱的要求，不可能。

　　T和我，我们一起在一堂名叫"法伦斯泰

尔①"的文学硕士研讨课上做了一个关于您的报
告。一篇从您的书中得到灵感拼凑而成的文章。
里面也谈到了巴特,我们喜欢的文学家巴特和上
面提到过的拉康。我们不知道您讨厌巴特,我们
不知道拉康在《迷狂》出版后说您的那些话:

"玛格丽特·杜
拉斯表现出无需
我就对我所讲授
的一切了然于
心……"

《迷狂》的校样

　　我们很忙,T和我。我们在唇上抹口红,
在墙上贴满从您书中摘录的句子。我一直穿着那
件我最喜欢的印度绣花的蓝色长裙。我们在欲望
中。在困境中。

_____

① 法国空想社会主义者傅立叶幻想要建立的社会基层组
织,文中有"文学理想国"的意思。——译注

# 激　情


那是在20世纪80年代初。我疯狂地爱上了
A 。


他很帅，他给我放巴西音乐，在地上给我
宽衣，和我做爱，在任何地方，送我多汁的橘
子，吃早饭的时候把他的厚厚的平纹结子花呢睡
衣借给我穿。


我给他写狂热的情诗，给他背诵您的句
子，没完没了地跟他说绝对、缺失、主体的分
裂。我把一切都混为一谈。

A 是疯子。但是我不知道，还不知道。我什么都没看见，我只看见您，我看到我们，A和我，就像是在您写的一本书里。很美妙又令人不安，神秘，令人沉醉。这很好，但同时又让人很受伤。我对此上了瘾。我还要更多，我是无底洞。

终于我感受到自己的存在了。我这样以为。

# 眩　晕

有时候我也会清醒。我意识到我们的爱太过分了。

但我从来不说。不对任何人说。不跟 A 说，甚至（尤其）不跟 T 说。我害怕。害怕自己，害怕自己能做的和将要做的事情。害怕疯狂在夜里会对我做鬼脸，像那个长满疥疮、掉光了牙齿、苍老的女乞丐一样。我什么也没说。

我陶醉在您书中的激情里，我通过您的书对您产生的念念不忘的激情里。欣喜的感觉压倒了一切，扫清了一切，比什么都强烈。比处在您书的中心位置的绝望还强烈，比我的恐惧、比别人看我的眼光还强烈。比我、比我一直想死的欲望更强烈。

我任由自己沉溺其中，直至眩晕。

"眩晕，"米兰·昆德拉写道，"就是沉溺于自身的软弱。我们知道自己的软弱，但我们不想抵抗，只想沉溺其中。"

是的，就这样。我对您没有抵抗，也不想抵抗。我内心有一个声音在喊"还要，还要"。还要。

# 疾　病

　　我不是孤身一人。我有 T，还有其他所有人。我最终意识到了这一点。

　　有多少年轻女孩子都把自己当作劳尔·V.斯坦，都以为《迷狂》原本也可以出自她们之手？有多少年轻人，少男少女，都在20世纪70年代拜倒在您的笔下，不管在法国、魁北克或其他地方？有多少人成了中杜拉斯毒的病人？

　　您的一个传记作家，阿兰·维尔贡德莱，在1991年写道："杜拉斯让我感兴趣的，是最完备的资料都无法捕捉的东西：那就是缺失，她没

初为人妇的玛格丽特

有说的，她在漆黑的海上的行走。杜拉斯的文本有一种摄人心魄的震撼。她会感染所有走进她文本的人。我成了对她的文字上瘾的病人。"

另一些人把您当成了疾病，感到恶心厌恶。另一个玛格丽特，尤瑟纳尔，甚至写出了这样的句子："在《广岛之恋》之后，什么时候出《奥斯维辛之爱》？①"

您的书引起的迷恋是一把双刃剑。人们给你起了绰号叫"杜啰唆"，因为您知性敏锐的风格，正是令人厌烦的风格。人们嘲笑您的画外音电影，这些电影是您从其他电影的废镜头里回收

① 《广岛之恋》直译是《广岛，我的爱》。因此尤瑟纳尔这句调侃的话可以译成："在《广岛，我的爱》之后，什么时候出《奥斯维辛，我的菜》？"法语中"我的菜"也有我的心肝宝贝的意思。——译注

的，没有情节，有时候除了黑镜头没有其他画面……杀死画面，杀死电影，这就是您想要的。"杜拉斯不仅写了一堆蠢话，她还把它们拍成了电影。"有人这样感慨。

有人叫着要打假，要闹丑闻。一直到您生命的最后，人们都在取笑您。玛格丽特夫人，玛戈皇后，圣日耳曼的玛吉……人们甚至对您做了戏仿：以《埃米莉·L》为蓝本，有人写了《维吉尼亚·Q》，署名：玛格丽特·杜拉扯。

总有诋毁中伤杜拉斯的人。但我一直都对他们视而不见，或者说蔑视他们。在我最崇拜您的那个时期，我把那些人和当权者还有既定秩序的维护者、太理智的人、太墨守成规的人联系在一起。我承认这让我更加爱您。

# 爱　情

　　您是我抵挡理论和男权的城墙，那是我在这个世上最痛恨的两样东西。

　　T 和我，我们可以发现方圆一百英里内的男权的味道。甚至有一些女权主义者也会有男权的倾向。她们不想改变世上任何东西，只想取代男人的位置，夺取他们的权力。古板严肃，她们不允许有挑逗，不允许有一丝口红的痕迹，不允许有一丝逾越女权主义规范行为的举动；男权的味道：一样的排除异己的制度，一样二元论的思维模式。一样"愚蠢的理论"，或许您会这么说……

　　我知道，您维护一个神话般的女人的形象。仿佛有什么内在的东西让女人成为女人，让她充满魅力、被渴望、成为一道风景。这让我感到震惊。关于女性的那些玄虚的话说来说去都是一个样。大男子主义亦然，也有他们自己的一套论调。但不管怎样，比起那些强势的女权主义者的观点，我还是偏爱您对女性的看法。

　　我喜欢您的书中颠覆性的一面，书中人物的不合群的举止。就像《广岛之恋》中艾玛纽埃尔·丽娃："我饿了。饿得想出轨、想乱伦、想撒谎，想死去。一直都有这样的欲念。我早就猜到有朝一日你会突然出现在我面前。"

　　我喜欢您的女主人公都有一种打破禁忌的决绝，她们全身心地投入到爱情、享乐、激情中去，不顾所有道德、所有社会规则。

　　我爱上了您，彻底地爱上了您的书。"这就是爱情"，就像拉康说的，"在爱情中，我们爱的是自己，在想象层面上实现的自我。"

©Rue des Archives

EMMANUÈLE RIVA

DEUX FOIS PRIMÉ
AU
FESTIVAL DE CANNES
1959

# HIROSHIMA MON AMOUR

Réalisation d' **ALAIN RESNAIS**
Scénario
Dialogues de **MARGUERITE DURAS**

Musique de **GEORGES DELERUE** et **GIOVANNI FUSCO**
Producteur Délégué **SAMY HALFON**

电影《广岛之恋》海报

# 天　才

　　您永远反抗的形象启发了我，尽管当时我还无法衡量您作为斗士的经历的广度：抵抗分子，共产党员，然后是在所有论坛上叫嚣自己恨共产党的前共产党员，阿尔及利亚战争反对者、1968年"五月风暴"积极分子；然后是各种女权组织的激进分子，您先跟向男人宣战的同性恋女权主义者联合，之后您创立了您自己的女权主义，坦承您拒绝没有男人的生活。

　　在继1968年"五月风暴"之后您创作并拍摄的《毁灭吧，她说》中，您说："对你们的国家、你们的社会、你们的阴谋诡计而言，我们都

杜拉斯（左一）在指导拍摄电影《毁灭吧，她说》

是外国人……"

之后，1977年在《卡车》中："不必再给我们拍恐怖片、革命片、无产阶级专政的影片、爱情片。没这个必要了……我们再也不相信任何东西了……应该拍意识到这一点——没这个必要了——的电影。让电影走向毁灭，这是唯一的电影。让世界走向毁灭，这是唯一的政治。"

　　我喜欢您的愤怒、您的反抗。我欣赏您不把自己封闭在任何一个模子里的坚定决心，直到要求一个"激进的反激进主义"的姿态：介入，是的，但并不是不惜任何代价，不是以没有男人、没有写作的生活为代价——这一切，事实上，都是写作的素材。

　　人们常常把您当作疯子……就像您书中的人物，像劳尔，像《广岛之恋》里来自内韦尔的法国女人，像《埃米莉·L》的女主人公，像《卡车》里的妇人一样的疯子。"只有疯子才会完完全全地写作"，您如是说。

　　您从不害怕自相矛盾。您一直都喜欢让人震惊，喜欢辛辣的表白。这种对一切，无论什么东西都下决断的方式。不受拘束的、自由的话语源源不断地说出，直至谵妄。

杜拉斯热衷于参加社会政治运动

"对每一样事物，她都有自己的话要说，反对、表明观点、赞扬、介入、打断话头，"阿兰·维尔贡德莱1996年这样写道，"她让人感到厌烦，但她的'毒舌'有了传奇的色彩。她希望这种无处不在的疯狂遍布在她的小说、文本中，她想要爆炸的感觉。"

"我不知道，自己是不是会继续支持杜拉斯"，您已经坦露过心迹。

在您一生中，您和很多人都闹翻过：出版商、电影人、记者、作家、激进分子、朋友、情人……因为您的固执，您的任性，您的强势。您的三重自我——有些人这样说。也因为酒精。

酗酒到极致，杜拉斯。接受了很多次治疗，然后又开始喝酒。但您从来没有停止过写作。

"写作是充满我生活的唯一的事，它使我的生活无比喜悦，"您在《写作》中如是说，"我写作。写作从未离开我。"

您的酗酒，您的荒唐，您的反抗。您的政治介入和之后的退出，您的退出不是一种真正的不介入，而是见证了一种拒绝被收编的态度。您疯狂的、毁灭的激情。您的怪诞。您的刻意而为的矛盾。您的失败和之后的大获成功。您引起的崇拜和您曾经激起的蔑视一样多。所有这一切都营造了杜拉斯神话，是的。

但对我而言，这一切都是后来发生的。而且，如果没有您天才的写作，这一切都毫无意义。您让我着迷的，让我持续惊艳的是：您的书。

# 还是爱情

与其说是跟您，杜拉斯，不如说是跟您在书中打开并保持敞开的那扇激情之门有关。和我捕捉不到，而且永远也无法捕捉的，您在书中不言而喻的东西有关。

一种冰冷的、抽象的、有距离感、有省略的写作。这种"不宣泄"的写作，朱丽娅·克里斯蒂娃说：并不放任自由，在隧道的尽头没有光线。这种写作充满了沉默和空白，在写作中自我缺席、自我投射、自我迷失、感觉活腻了，一直在召唤，却永远无法得到满足。但这种写作也是充盈的，自然而然，无须解释，没有任何道理：

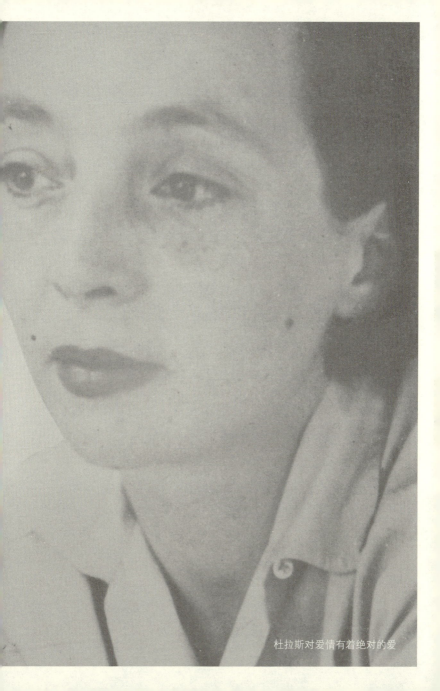
杜拉斯对爱情有着绝对的爱

它到来，把我们带走，让我们迷醉。


一种激情的写作，是的。


在《死亡的疫病》中："一种几乎想杀死情人，把他留在自己身边的欲望，让他只属于您，拥有他，不顾一切法律、不顾任何道德把他偷走，这种欲望您不了解？您从来没有感受过？"


这种想杀人、想死去的欲望贯穿了您所有的作品。在《绿眼睛》中："当我写作的时候，我死不了。"在《外面的世界》中："我啊，我所写的东西让我有想死的欲望，所以它让别人也有想死的欲望是很正常的。"


对爱情的绝对的爱，在您的作品中无处不

在。在《埃米莉·L》中："我想告诉您我所认为的，就是一直要保留……一个空间，某种私人空间，就是的，这样才能独处，才能去爱。去爱不知道是什么，也不知道怎么爱，也不知道爱多久。为了爱……为了给自己留一个位置去等待，或许永远都不知道，等待一份爱，一份或许还没有任何爱人的爱情，但这是等待爱情的等待，只为爱等待。"

在《塔吉尼亚的小马》中，已经有过："世上所有的爱情都不能替代爱情。"

在《话多的女人》中："一开始，这将是同一种爱情，从一个人移到另一个人身上。"

在《否决的手》中也是："我爱你比你更久远，我会爱任何听到我喊'我爱你'的人，我召唤了三万年，我召唤将回应我的人，我想爱你，我爱你。"

这种发自我内心的召唤，这种想迷失自我的欲望。这种百转千折的爱情，还在呼救。这种激情会要人命。是的，说的就是这个，我以为。

# 疏　离

　　我想摆脱您。就像娜塔莎·艾斯盖尔，十九
岁的法国姑娘，有一天给您写了一封信，但我感
觉自己已经一百岁了，我不敢再写信。要么我就
写一些准杜拉斯式的文字。

　　我疏远了您，还有您那些感染我的书。为
了日后更好地重温。"当我不再爱你，我什么都
不再爱了，什么都不爱了，除了你，还是你。"
您这样写道。

# 论 文

　　您在回头路上等我。在我的"杜拉斯时期"过去十几年后，我注册了政治学科的博士。我的学习计划：分析激情和政治的关系。但在什么领域？有人问我。在谁身上？哪个思想家？用哪些资料？有什么理论框架？

　　我天真地回答：到处都有啊，你没看到这两者的关系随处都在啊，甚至当激情和政治似乎是互相排斥的地方。我幼稚地想：理论框架，是要由我去建构的，一篇博士论文不就是派这个用场的吗？

这可不太靠谱。

一天，我的博士论文指导老师逼我说出一个名字，只要一个，唯一一个我做政治学科博士论文要刻苦钻研的思想家或作家的名字，我说："杜拉斯，就是这一个。"

我的挑战，就像我试着要把它表达出来的那样：做一篇关于激情、关于玛格丽特·杜拉斯的写作的政治学博士论文，把思想和社会组织的壁垒打破，对它们提出问题、质疑，去思考并不是一切都可以被简化为政治问题。激情，激情的写作，就像所谓的没有替换秩序的混乱一样，就像所谓的不惜一切代价拒绝秩序和理性一样，就像不受理智、法律约束一样。

在我脑海中，我看到这些：您，您的写作，就像是对世界做出的回答，跟我的答案相近。对我而言，与其说是一个答案，不如说是一个问题，因为永远都不是这样，永远都不完全是这样。您，您的写作：是我抵挡所有真理系统的同盟。

三年，我在这件事上花了三年时间。认认真真地。

当然，免不了遭遇攻击、劝阻、闭门羹、嘲笑。试图把我变成一个堂吉诃德，选了一个不可能做成的选题，处在一个不能承受的境地。对政治学科而言是不可能、不能接受的。那么对我而言呢？

"你想摆脱法律，靠的依然是法律的力量。"莫里斯·布朗肖这样写道。

我从来没能把我的博士论文做完。

# 书　信

　　我给您写了好几封信。今天要我承认这一点还有点难为情。

　　我给您写了一些诸如此类的信："不管怎么说，对我而言，我想做的，就是见您。对我而言，只有您的书写出了一直萦绕在我脑海中的绝望的激情。我要说什么才能让您答应见我呢？"

　　我把自己的一切都告诉您，毫无保留地向您坦白我自己："我可以越来越脱离自己而活。就好像我下定了决心不再痛苦。我工作、学习、相夫教子。但我很清楚，什么都没有解决，没有什么是可以一了百了的。私底下，我还会梦到迷失自己。幸好有书，有您的书。"

有时候，我会在夜里给您写信。有时候我只给您写只言片语："我多想见您。盼复。"

您从来就没有给我回过信。

# 电　话

一天，您就在那里，在电话的另一头。我激动地颤抖。我想大声叫出来。

我在巴黎，特意为了见您，尽管您一次次回绝我火热的信件。我还没有放弃我的论文计划，我有一笔微薄的奖学金。

那是在1993年。您刚出版《写作》。

"喂。"

"您好。我想跟玛格丽特·杜拉斯说话。"

"我就是。"

写作是杜拉斯存在的意义

我以为是扬接电话。《扬·安德烈亚·斯坦内》中的扬·安德烈亚，在《80年夏》的某一天来到您在特鲁维尔黑岩旅馆的公寓里，从此以后和您生活在一起的人。我以为电话得由他转接。

在这之前人们都是这么跟我说的。您的儿子，让·马斯科罗；您在伽利玛出版社的编辑；您的传记作家阿兰·维尔贡德莱。所有人都反复告诉我同样的事：您病了，您不能见任何人，完全不可能见到您，甚至不能跟您说话，但是通过扬，或许有可能，谁知道呢？

谁知道呢：我给黑岩旅馆打了好几次电话，我甚至坐火车去了那里。我在面朝大海的旅馆大厅里待了整整几个小时，期待着您的出现。

您就要来了，我们就要自然而然地谈上话了，我要跟您谈您的书，您会示意我跟您走进中心酒吧，那是您在特鲁维尔吃饭最喜欢去的地方，他们会给您最好的餐桌，您的餐桌，会给您上一条当天捕到的新鲜美味的鱼，还有新酒，很多葡萄酒，似乎永远喝不完……

我想象了各种各样的剧本，在黑岩旅馆冷清的大厅里期待您的出现。百无聊赖，我走上里面的楼梯。通往私人公寓的楼梯。我敲了您的门。好几次。徒劳。

我在大厅里溜达，最后一次。在一个角落的墙上，我看到一张不起眼的小告示："不要去碰水球的手柄，热水是由黑岩旅馆供应的。"署名："经理"。我尽量当它是什么稀罕的东西。我把小告示放进我的包里。比那些脑残粉做的傻事还要傻。可怜。

我坐了最后一班火车回巴黎。我一夜无眠。

而现在，您的声音就在巴黎圣日耳曼德普雷大街后面您的公寓里响起。我从花神咖啡馆打的电话，我几乎可以看到圣伯努瓦街蓝色的标记。

黑岩旅馆的杜拉斯

　　我报了自己的名字，说自己从蒙特利尔来。我没有提到我给您寄的那些信，我不知道您有没有读过，突然我感到很羞愧，羞愧自己给您写了信，我不知道您会不会认出我来，我希望不会，我希望会。我尤其不能提自己去黑岩旅馆的事，还有我偷走的那张小告示。

　　我说我就在附近，很近，我可以去拜访，

我……


"我不接受采访。我谁也不见。"


那是您的声音。一个在坟墓里走了一遭的人的声音。和在您电影中那些固定画面后面听到的那个声音不再完全一样，因为喉咙里的那根引流管，音质变得更加粗糙，那根管子是1988年的昏迷留给您的。


"您读过我的书《写作》吗？您喜欢吗？"
是的，我很喜欢。我告诉您我很喜欢您的书。我没有告诉您我并不是从头到尾都喜欢，也不是全读懂了。


在八十岁或几乎八十岁的年纪，突然出了这本关于您写作的书。"我并不给什么建议"，您在《写作》中强调说，甚至在您批判"矫揉造作""精心组织""循规蹈矩"的作家的时候。在您身后有将近八十本书，电影，戏剧，各种各样难以归类、常常被认为读不下去的文章，您同意用这种方式去谈您写作的过程。

貌似您刚刚和诺贝尔文学奖失之交臂。在您周围，有一种类似奇迹所特有的光环。还有那些没有读过您的书的人的嘲笑，或者他们可能只读过一本被当作下流书的《情人》——得过龚古尔奖，被译成三十几种

1984年出版《情人》时的杜拉斯

文字。嘲笑您还因为您很烦，的确，您无论在什么场合都口无遮拦，杜拉斯。

维尔曼事件，在您得龚古尔奖一年后，成了导火索。那一年，确切地说是1985年7月17日，您在《解放报》上发表了一篇题为《绝妙的，必然绝妙的克里斯蒂娜·V.》的文章。克里斯蒂娜·维尔曼被指杀害了自己的孩子，法国的报刊媒体对这起社会新闻非常关注，案件当时正处在预审阶段。您去看了房子，断定那就是凶案发生的地方。一栋孤零零的房子，被冷杉和溪流围绕。您这样写道："一看到房子，我叫起来：罪行发生过！这就是我的想法，它超越了理智。"谈到被杀害的孩子小格里高利，您补充说："他是在柔情或者说一种疯狂的爱中被杀死的。"

在毫无证据的基础上，您在《解放报》上或多或少指控是母亲杀死了自己的儿子……您把这起臆想的杀子案、这个悲惨的罪行上升到美狄亚的高度。克里斯蒂娜·V.是在为所有被扼杀的女性，被孤零零隔绝在"世界尽头"、在"黑暗"中的妻子和母亲们复仇。

挑衅、失控、无意识？"一点都不"。评论家雅克-皮埃尔·阿梅特1992年1月在《观点》杂志上写了几页纸为杜拉斯辩护："我们在她的小说中完全可以找到同样的字句，描绘隐秘激情的嘴在这里用来评论一则让全法国都津津乐道的社会新闻。"阿梅特总结道："玛格丽特·杜拉斯让克里斯蒂娜·维尔曼走进了她的作品，在安娜·戴巴莱斯特、安娜-玛丽·斯特雷特、劳尔·V.斯坦和伊丽莎白·阿里奥纳的身边。她的文章有着和她其他作品相同的品质。"

杜拉斯，一个为了寻求真相而去揣测现实的作家

也应该提一句，1985年，《解放报》的主编，塞尔日·朱里，已经用某种方式特别提醒过读者。他加了一个插页，说得非常明确，把您的文章放在一个作家创作的位置上，"一个为了寻求真相而去揣测现实的作家，这个真相或许不是真实的，但它仍不失为一种真相，一种文本所营造出来的真相"。

无济于事。从那时起，很多人都弃您而去，其中甚至有您多年的读者和支持您的评论家。到处都听到人们说您超越了界线，盛名冲昏了您的头脑，说"杜拉斯完了，她已经毫无信誉可言"——当时人们还不知道克里斯蒂娜·维尔曼之后会洗脱罪名，您想呢！

您挺住了。您从来没有否认过您写的文章。您有您自己的解释："或许是克里斯蒂娜·维尔曼和小格里高利事件造成了评论界和我之间的误会：评论界在我的文章里只看到了耸人听闻的一面，而这其实并不存在。我去了社会新闻的实地调查，作为一个女人，一个想弄明白什么原因会让人走到杀死自己亲生孩子这一步的女人。或许因为我一直感觉我母亲被生活所迫可能会杀死我们，我的两个哥哥和我。"

关于"维尔曼事件"，我那天在电话里什么都没说。我跟您谈到了《写作》中那个奇怪的场景——其他人或许会说是有趣的场景，您描写了一只垂死的苍蝇。

"啊，苍蝇……的确，您知道……事情发生的情形就跟我写的一模一样……我所讲述的都是发生过的事情。我书中所写的一切都是真的。我不能撒谎，您知道。"

接下来是长长的沉默。我不知道要说什么。我在找一个话题，一个点子。我害怕。害怕失去您。我跟您讲魁北克，说您的那些粉丝还记得20世纪80年代初您和扬·安德烈亚来蒙特利尔宣传您的电影，说您在我们那里很有名。

"是的，加拿大……不过我在这里也很有名，您知道，在法国。甚至卖汽车的人都认得我……"

"自从《情人》之后，我猜想……"

"早在龚古尔奖之前！自从《广岛之恋》……"

《广岛之恋》……艾玛纽埃尔·丽娃……"你害了我，你对我真好"……这句话一直萦绕在我的脑海。

在您的记忆里，这仿佛就在昨天。

"雷乃！他想方设法贬低我，那个家伙。他觉得我太自由了。他嫉妒我。"

我在找我的参照。《广岛之恋》，20世纪50年代末，玛格丽特·杜拉斯编剧，阿伦·雷乃导演……我感觉自己仿佛置身在传奇里。您不这样觉得。

"雷乃！他有点天分，不过要给他把一切都准备好！"

我等着下文……没有了。您已经说完雷乃了。我可以继续了。

"《广岛之恋》是一部关于激情的电影，但它也是一部政治意味很浓的电影……"

"我从来没有把二者分开：激情和政治。

从来没有。我写的政治意味最浓的书是《情
人》，或者更确切地说是《来自中国北方的情
人》，是的。政治，是的。目前，我正在找希拉
克的茬。我说他是个混蛋。说他死有余辜。这个
混蛋把4000个黑人丢在大街上，您知道吗？"

我对您说我想见您。

"现在不行。我在写作。我什么人都不
见。"

在《写作》中您谈了很多孤独，谈到必须
一个人才能写作。也谈到了怀疑。还有死亡……

"死亡，是的。面对死亡的困惑，不。死
亡会自己滋生。我喜欢黑色的树，孩子们……您
见过那张照片吗，《解放报》上的那张，还有关
于我的书的文章？好了，就这些。"

您拒绝见我。

您儿子也是。让·马斯科罗甚至在我出发来法国之前就已经跟我说过："您知道，我，我根本不是杜拉斯专家。除了她是我母亲，我跟玛格丽特·杜拉斯毫无关系。我可以是园丁的儿子。我不想见您。我的鱼要烧焦了，在灶台上……"他挂断了电话！

一到巴黎，我又联系了一次。无果。"我和我母亲闹翻了。已经有二十年了。我跟她毫无关系。我跟她的关系糟透了。"

和迪奥尼斯·马斯科罗联系也是白费力气，他是让的父亲，你们没结婚一起生活了很多年，1945年是他在弗朗索瓦·密特朗的指示下从死亡集中营带回了您丈夫罗贝尔·昂泰尔姆。

我在格扎维埃尔·戈蒂耶那边碰碰运气，

"啊！跟她一起工作
真是幸福。"

她是已经绝版的女性杂志《女巫》的中流砥柱，
20世纪70年代您在那杂志上发表过几篇文章。格
扎维埃尔·戈蒂耶1974年和您一起在《话多的女
人》上署了名：一本访谈书，或者说是断续的谈
话录。在书中你们百无禁忌地聊天，什么都聊，
关于生活、关于男人、关于共产主义、关于写
作、关于怀疑。也谈到了果酱……和汽车。

"啊！跟她一起工作真是幸福。"格扎维
埃尔·戈蒂耶在电话里告诉我……"但我不能谈
她"，她紧接着又补充了一句。"现在谈会显得
虚假，即使在当时是真实的。时过境迁了。今天
我和玛格丽特不再联系了。我不想见您。读一读
《话多的女人》吧……我在那本书的序里说了很
多：当时我对她推崇备至，这一切……"

在那篇序里，她写道："以前我没有见过

玛格丽特·杜拉斯。她的作品对我而言具有极其
重要的、必不可少的、生理上的意义。阅读她的
书在我身上产生了尖锐的、令人惊奇的骚动，甚
至到了焦虑和痛苦的程度，让我转向另一个空
间，身体的空间，总之，在我看来，是一个女人
的空间。和玛格丽特·杜拉斯相遇让我完完全全
被震撼到了。"

　　我唐突地给隐居的作家莫里斯·布朗肖写了
一封信，他是第一批公开赞美您作品的人之一。
我联系了社会学家埃德加·莫兰，圣伯努瓦街的
旧居民，您在抵抗时期和战后那几年的同路人。

　　没有回音。

　　我甚至给弗朗索瓦·密特朗写了信："我
并不是给共和国的总统，而是给一个以一种极其

独特的方式认识玛格丽特·杜拉斯的人写信。"

令人惊讶的是,最友好、最快给我回信的——先是写信到我在雷朋堤尼的家里(我简直不相信信上是他的亲笔签名!)——是那位被您称作"左派政界的诗人"的人。

从越南回来,当所有人都在忙关税及贸易总协定还有俄罗斯一触即发的危机时,第五共和国的第一位左翼总统在他爱丽舍宫宽敞的办公室里接待了我,为了和我谈论您。

当时距离他去世还有两年多时间,您比他多活了几个月。弗朗索瓦·密特朗得了癌症。他知道。我不知道。他得病的消息当时还没有在报纸上披露。我在什么地方读到说他在越南一次官方会晤时感到身体不适,仅此而已。

他的身体灵活，目光炯炯有神，一点都没有生病的迹象。舒舒服服地坐在爱丽舍宫的椅子上，他跟我讲了你们在抵抗时期共同度过的岁月，你们的友谊和你们关系的变化。"我是在战争时期，1944年从阿尔及利亚回来时结识玛格丽特的。因为我当时是个不法分子，所以我住在她的小姑子玛丽-露易丝·昂泰尔姆家里，我们经常见面，玛格丽特和我，直到战争结束。之后也是。"

他追溯了往事：1944年6月1日，您丈夫罗贝尔·昂泰尔姆和他妹妹玛丽-露易丝被捕，在巴黎杜班街他妹妹的公寓里。就在那一天，弗朗索瓦·密特朗，化名莫尔朗，也差一点被捕。他就在公寓楼下的邮局，他在上楼前要先打电话。"是玛丽-露易丝接的电话，她对我说：'先生，您打错号码了。'我又打了一次：一样的结局。我后来才知道，一个盖世太保的警察拿着手枪顶着她的脖子，要她让打电话来的人上楼。"

当时，您是抵抗小组的联络员。您和盖世太保的一个成员夏尔·戴尔瓦尔有接触，您和他交换信息。由此，事情变得复杂了。"或许就是他逮捕了她丈夫，或至少是他审讯了他。这个男人对她产生了兴趣……同时也为了了解……这很暧昧……想顺藤摸瓜，找到罗贝尔·昂泰尔姆所属的抵抗组织，同时，也出于个人同情，我想……不管怎么说，玛格丽特一直都是这么说的。"

您丈夫和小姑子被捕了，您继续见盖世太保的那个男人，他向您保证给罗贝尔·昂泰尔姆提供被子和食物。您没有玛丽-露易丝的消息，她再也没有从死亡集中营回来。

战后，夏尔·戴尔瓦尔在法庭接受审判，被判死刑并枪决。弗朗索瓦·密特朗说："玛格丽特·杜拉斯先是作为控方证人，之后是作为被告方证人作证。作为控方证人，因为他是盖世太保的警察，他逮捕了我们很多战友……然后作为被告方证人，因为不管怎么说这个人曾经试图改善囚犯的命运……"

您的老朋友不再说话了，交叉双臂。我怎么问他都无济于事，这就是他告诉我的关于"戴尔瓦尔事件"的全部内容。

五年后，劳尔·阿德莱尔在她写您的书中，重新梳理了您人生中这段动荡的时期。历史学家首先描写您和夏尔·戴尔瓦尔玩暧昧，然后一解放，您就公开揭发他，甚至在肉体上折磨他，之后才在他的诉讼上作证。极具戏剧意味的是，劳尔·阿德莱尔在《玛格丽特·杜拉斯》[①]一书中揭露了您当时的伴侣迪奥尼斯·马斯科罗和法奸的妻子波莱特·戴尔瓦尔之间偷情的细节。

好像谁都没有让您知道迪奥尼斯·马斯科罗和波莱特·戴尔瓦尔之间的私情，劳尔·阿德莱尔得到的消息也证实了这一点。您永远都不知道这俩人还生了一个孩子……比1946年6月您和迪奥尼斯生的儿子让·马斯科罗早几个月出生。

弗朗索瓦·密特朗，他，他知道些什么？

那一天，在和我谈到您的时候，他只谈了和他直接相关的事情。他又谈到了解救您丈夫罗

---

① 中文版名为《杜拉斯传》，漓江出版社，1999年版。

杜拉斯与弗朗索瓦·密特朗

贝尔·昂泰尔姆的往事，您丈夫获救多亏了他。"那是1945年，就在要解放、美国军队到达的时候。戴高乐派我参与解放集中营的工作。我去看了很多集中营：一些尸体和骸骨。数以百计的垂死的人被扔在一个四方形的坑里。要跨过他们的身体，在这些已经无药可救的人当中，有人轻轻地喊我的名字。我认出他分得很开的门牙。是罗贝尔·昂泰尔姆。"

密特朗记得他是当晚就回到了巴黎，但抵抗运动的同伴没有跟他一起回。"同在飞机上的美国将军没有同意我带罗贝尔·昂泰尔姆回来，因为斑疹伤寒。不过一到巴黎，我就模仿自己的证件造了几份假证件，为了能进入达豪。然后，几个朋友开了一辆车，在我的指示下去找罗贝尔·昂泰尔姆，并把他带回来……"

他休息了一下，闭上眼睛，低下头。他说当罗贝尔·昂泰尔姆到达圣伯努瓦街5号的时候，他就在您身边，他听到医生们感叹："他过不了今晚！"

在一本很美的书，他后来写的唯一的一本书《人类》中，罗贝尔·昂泰尔姆讲述了他如何在集中营里活了下来，之后，他又如何重新学习生活。弗朗索瓦·密特朗跟我谈到了这本书，在他看来，这是"写集中营写得最好的作品之一"。他也跟我提到了《痛苦》，在书中您也回忆了您丈夫被捕、您等他和他回来的经历。"我不知道她要出这本书，但我知道这件事一直都在她的脑海里，知道她想说出来。"1985年，当《痛苦》一书出版时他的反应？"啊，我的反应……每个人都有自己的回忆，我的回忆跟她不完全一样……不过说到底，关系大体上是对的。"

我跟他谈起《写作》，他还没有读，谈到您说的写作所必需的孤独。"所有人都是孤独的，"他插了一句，"特别是她。我想一个作家应该真真切切从自身汲取所有的灵感源泉。这是一个需要孤独的人……尽管她自然也有她的朋友圈。不过在人生所有大事面前，人都会感到自己是孤身一人。"他的双手合在一起，贴在嘴唇上，好像在沉思。时间停止了。

当我问他当初认识您的时候您是什么模

样，他的脸放光了。"她……年轻，一个非常非常美丽的姑娘，有点欧亚混血的味道。一个可爱又开心的姑娘，非常迷人。而且也不只有我意识到了这一点……后来她经历了很多艰难时期，她都非常勇敢地度过了。有一个时期她酗酒，喝啤酒啊什么的，这让她臃肿了很多，变了形。之后，这几十年里，她战胜了一切，她就像您所看到的：她控制了自己的身体，对的，她不再受身体的控制。"

我跟他提到1988年您的昏迷。"是的，几年前她病得很重……这个，也有年龄的原因，唉！昏迷了很久，很久。我打听她的消息，但她甚至都不能再跟人交流了。"

谈到罗贝尔·昂泰尔姆，他说直到最后，直到1990年他去世，他都和他保持联系。"他得了脑震荡，几个月卧床不起……他恢复了一点意识……我去看他，但他已经瘫痪了。"

　　关于罗贝尔·昂泰尔姆、迪奥尼斯·马斯科罗与您在抵抗时期和20世纪50年代组成的"三重奏"，他是这么说的："三重奏，那说得有点过了。玛格丽特爱上了迪奥尼斯·马斯科罗……当时要换公寓很不容易，因为没有房子。于是他们三个人都住在同一个公寓里。这是大家都知道也认可的。罗贝尔·昂泰尔姆是一个非常体贴的男人。他给妻子自由。他们之后还是朋友。"

　　在同样过着双重生活的人眼中，这没有丝毫惊世骇俗的地方。而且他和您一样，也有一个私生子。"没有丝毫伤风败俗的地方。只是因为当时条件有限，他们不得不住在一起。这有什么好大惊小怪的呢？"

杜拉斯和迪奥尼斯·马斯科罗

他明确说在政治介入上面，你们在战后就分道扬镳了。"杜拉斯、昂泰尔姆和马斯科罗加入了共产党。而我，我并不想加入，一点都不想。我们还是朋友，之后，也就这样了。"

他还记得："她生了一个孩子，我刚当选涅夫勒省的议员，那个孩子病得很重。我租了希侬堡的一栋房子。我把房子借给她住，为了她能照顾儿子，而且因为那个地方的新鲜空气，孩子康复了。"

他还记得1981年，当他第三次竞选总统的时候，您就在他身边，"她还写了好几篇文章支持我，因此，也引起了争议"。

您的传记作家阿兰·维尔贡德莱告诉我，他一直想不通是什么让您对密特朗那么迷恋，

"要么是因为趋炎附势，有人说是杜拉斯渴望权力的一面，因为，她在他竞选总统的时候才公开表达两个人的友情，做得仿佛纯属偶然。或者是因为纯粹的友情，毕竟他救过她的丈夫"。

对密特朗而言，毫无疑问，1981年您站在他的身边意义重大。"从友情来看，这是不可或缺的。友情是一种特殊的美德，您想让我说点什么别的呢？大约两个月前，我又见到了玛格丽特。我们要见个面并不容易。那天是在餐厅。我们见面也不需要什么特殊的原因……我们都认识有半个世纪了。我们不需要找一个见面的理由！我觉得她挺好的。有一种沧桑……我不是说她变得平和了……而是沧桑雕刻了一张美丽的面容。现在我还能依稀看出当初二十五岁少妇的轮廓。"

在离开弗朗索瓦·密特朗、戴着白色手套

写作中的杜拉斯

的执达官和站在爱丽舍宫入口的武装卫兵之前，
在一个人在两边全是高档商店的大街上大叫、发
出胜利的呐喊之前，在冲到最近的电话亭、心头
小鹿乱撞地再次拨通您的电话号码之前，我居然
敢问他，虽然脸红得像一只小龙虾，他为什么答
应见我。"您跟我说是要谈玛格丽特·杜拉斯，
我觉得拒绝令人不快。因为是老朋友的事，我不
能袖手旁观。"就是这样，说到底，就这么简
单。

当我出来后打电话到圣伯努瓦街的公寓时，我不知道该从何说起。您好像心不在焉，冷冷的。我没办法直截了当地跟您说，我见了弗朗索瓦·密特朗……

天知道，我居然跟您谈我前一天见到的一个叫阿波西丝的女人，或者是一个差不多的名字，《印度之歌》时期曾经跟您走得很近。是《话多的女人》中给你当配角的格扎维埃尔·戈蒂耶让我去找她的，"玛格丽特和我俩，我们三个关系很好"。

在她小小的单身公寓里——看上去就像一间野鸡店，很容易就让我想到那些施虐受虐的最荒唐的场景——那位所谓的阿波西丝，跟我谈了很久，说她和您的关系，丰满的乳房，性感的嘴唇，迷离的目光，她席地盘腿坐在看不出是什么质地的编织地毯上，"一开始我们就像两个小女孩。她写作、拍电影的时候，我就在那里。比如在《卡车》中，是我希望由她来出演……我们两个人的感情很深。我们的关系可以到这种程度：如果我凌晨三点想去她家，我就去，她开门。她随时都欢迎我，而我感觉她是属于我的。我和她曾经有过这段……"

我没有告诉您，我坐在这个女人面前的时候感到不自在。也没有说您对妓女有一种不言而喻的吸引力。您在一段时间里可能沉湎其中的同性恋，我只字未提，那是当然。

我简单地说了个大概。我只是告诉您有一个名叫阿波西丝的女人还记得您，记得你们俩走得很近的那个时期。

"她自以为是，是的。她从来没有和我走得很近……我们只不过认识而已！"

您说您厌倦了这些寄生虫，这些后来动不动就说是您的朋友的可怜虫。

您说您累了。

您结束了谈话，我还没来得及跟您谈到他：弗朗索瓦·密特朗。

几天后，我又打电话到圣伯努瓦街的公寓。正式提出想见扬·安德烈亚。

您丝毫不掩饰您的坏脾气。
"他不在。谁找他？"

我说了我的名字。

"他两个小时后会在这里。您可以拨他的号码。他在这里也有一个电话号码。"

"是吗？您可以把号码给我吗？"

"我不知道……我不记得了……"

沉默。

"《写作》，您读过吗？"

我抓住机会。我告诉您我见过弗朗索瓦·密特朗。他跟我聊了抵抗运动那段时期，你们就此成了朋友。

"啊！这是持续了一辈子的友情……他和昂泰尔姆主要聊一些政治的话题，但跟我聊关于害怕、恐惧……密特朗和我，支部里只有我们俩没有被捕，他跟您说过了？他跟您说过我的勇

敢？他在生活中很讨人喜欢。不久前我们在一家
餐馆里刚聚过。他很讨喜。"

我告诉您我很快就要回蒙特利尔了。

"如果您见到电影公司的经理……尚贝尔
朗，是这个名字？那个曾经邀请我去蒙特利尔的
人……您代我拥抱他。我很喜欢他……还有加拿
大的一切。您代我拥抱整个加拿大。我没时间去
那边，没时间见您。很多人都想见我，您知道！
我谁都不见。我需要一个人待着……我写作。"

# 照　片

　　两个小时后，我又打了电话，同一个号码。我要求跟扬·安德烈亚说话。

　　"他不在这里。"

　　声音有点凶。您好像生气了。

　　"我不知道他在哪儿。我在等他。"

　　我跟您聊到迪旺书店，就在您家附近，雅各布街，我刚去那里逛了一下。我说我看到橱窗里有您的书，到处都是您的照片，写您的书……还有一个几天后要举办的您的签名会的广告：为《写作》一书的出版，您唯一接受的一次公开露面，没通过您的出版商联系，让大家都大吃一惊。

"扬在这里买书，所以他帮我们说了好话，"书商这样告诉我，接着他又说，"几天前杜拉斯和他一起开车来这里看橱窗。我被惊到了：她很美，杜拉斯，非常美，您知道……"

您说您去看过橱窗，是的，橱窗很漂亮。您的语调缓和下来。您甚至欢快地、兴奋地确认签名会您会去。

您去了。

我没去。我已经回魁北克了。我那点微薄的奖学金早就用完了。我年幼的孩子在家等我，他们的父亲也是。

您很美，是的，非常美丽。

# 逃　离


　　那个秋天，在回蒙特利尔之前，我去见了阿
兰·维尔贡德莱，著名的写您的传记作家，也是得
到您认可的传记作家。


　　这是一个爱情故事。充满激情。充满绝对。
还有由此而来的迷恋和毁灭。杜拉斯，对他而言，
是一辈子的故事。"那是一个残酷的故事，每个人
都可以跟她产生的联系。"《玛格丽特·杜拉斯：
真相与传奇》的作者眯缝着眼，沉浸在自己的世界
里，"这是一种既魅惑又残酷的关系。因为她是一
个迷人又可爱的人物，这里的'可爱'是这个词的
本义：值得被人爱"。

那是在1993年，在他第一次遇见您的二十五年后。一切始于一篇索邦大学的硕士论文，在法国答辩的第一篇写那位即将打破文学、戏剧和电影常规的人的硕士论文。"在我做研究期间，我对巴黎文人圈一无所知，因为我只是个外省小子，我只是单纯天真地去见玛格丽特·杜拉斯，她答应我做一个访谈。"

幸运儿！我羡慕他，嫉妒他，暗地里口水直流。我，我来晚了。比《情人》、国际声誉、盛名来得晚。比昏迷和之后身体的衰弱来得晚。在她迟暮之年……只是一个时机问题。当时我在他面前就是这么想的。只是时机问题？我不知道。我到今天还不知道。

对阿兰·维尔贡德莱而言，确信无疑的，是你们之间有过一次真正友好的会面。"慢慢地，她对我有了好感……我跟她儿子同龄……有一种非常慈爱非常强烈的感情。"

在他写完硕士论文之后，他兴奋地把论文给了您一份。"当时她很骄傲有一篇大学论文是研究她的，是她帮助我发表了那篇论文。"

完全被迷住了，维尔贡德莱成了杜拉斯的粉丝，无条件的拥趸。那是1968年后。您的公寓是一个"真正的纸房子"，大家进进出出，随便过夜……那是您拍《毁灭吧，她说》的时期，拍一些小成本、画面很少、演员很少的黑白片。

维尔贡德莱在片场陪您，到哪儿都陪着。"我清晰地感到当我在玛格丽特·杜拉斯面前时，我就站在一个活生生的作品面前，站在某种完全革命的思想面前，我真的认为它很重要，很有意思。我也

清晰地记得和她一起在她的小汽车上的时光，后排
座上放满了电影胶卷……我们常去奥尔良或其他地
方的文化馆，她给十五、二十、三十个观众放映，
讲解她的电影，比如《阿邦·萨邦纳·大卫》，这
些人在这类电影面前都有点发蒙……我跟着玛格丽
特·杜拉斯探索她的艺术朝圣之路，直到《印度之
歌》。"

杜拉斯在指导拍摄
电影《印度之歌》

　　那时候，在20世纪70年代中期，阿兰·维尔贡德莱快二十五岁了，他想成为作家。他明白他应该离开了。"我意识到在玛格丽特·杜拉斯身边，会被完全异化。她是一个可怕的人物，是最惨烈的意思，也就是说一个令人着迷到可以迷死人的地步的人物——这么说还不够——迷死其他人，除了她的写作就容不下任何其他人的写作，因为她就是写作本身。就这样，她身边的所有人都被剥夺了写作的天赋，成了她的跟班，她的奴隶，或只是朋友，但不再有写作的权利……我对自己说，如果我继续留在玛格丽特身边，显然我就不能再写作了。就像她丈夫，罗贝尔·昂泰尔姆，自从《人类》之后就再也没有写过书，就像迪奥尼斯·马斯科罗，只写过一些零散文字，就像扬·安德烈亚只写了《M.D.》，而且这本书还是一本彻头彻尾杜拉斯风格的书。我逃离了这种有点类似吸血鬼的影响。杜拉斯不能激发他人的写作，就算她激发了他人的写作，那也是像她那样写作，跳不出一种绝对的模仿。"

那些曾经在一段时间里属于"杜拉斯朋友圈"的人当中，很多人都说过同样的话。让–皮埃尔·色东，《爱梅岱的虚构》的作者，谈到您的时候这样说道："当我跟她解释为了不受她影响不能读她的书的时候，她露出没有完全理解的表情。很惊讶听我说她的写作风格是那么让人刻骨铭心以致我害怕难以找到属于自己的风格。"

至于让–马克·杜林纳，在《圣伯努瓦街5号，4楼左室》一书中他写道："太热切地跟她频繁交往，她的艺术和天赋妨碍我拥有个性化的表达，在我看来，那构筑了她的领域。"

在《玛格丽特·杜拉斯：真相与传奇》一书

中，维尔贡德莱写过："太强烈的迷恋会变得致命。在杜拉斯身边，若非她生命终止，其他人就不可能有真正的生活，因为她的自恋是那么强烈、那么排外、那么可怕。于是我明白，如果我也想过我的生活、想把握自己的命运、完成自己的宿命，就应该远远地爱她，要在游戏之外。"

维尔贡德莱走了，但一直是她忠实的粉丝。"我一直对她忠心耿耿，因为我对自己的离开，这种残酷、离别、缺席感到遗憾。因为我爱她，而我又必须切断这条脐带。杜拉斯可以说是一个祖母，一个传奇的祖母……为了生活，为了成为一个男人，必须离开。"

从那以后，维尔贡德莱不停地写。写您，但不仅仅是您。他出版了几部小说，好几本传记，写布莱斯·帕斯卡的，写安托万·德·圣埃克絮佩里的……"我所写的一切都是忠于杜拉斯的。因为我从她那里学到了一切，努力不被自己的写作所局限，否则那将是灾难，因为每个作家都应该有属于他自己的语言……我的榜样，是那些处在边缘地带的男男女女，那些想探求秘密、探索世界大写的秘密的人。这种冲动，是杜拉斯赋予我的。"

向导师学习要学到何种程度又不被他完全同化？我不知道。直到今天我依然不知道。

# 诡　辩

　　在您疯狂的崇拜者中有一个弗莱德里克·勒
贝莱，或者更确切地说，曾有过……直到她1994
年出版了《杜拉斯或一支笔的分量》[①]，一本受
到您责难、厌弃的传记。

　　在电话里，您大发雷霆。

　　"这本关于我的书，简直就是垃圾……"

　　这本书揭露了一些所谓被掩盖的真相，一
些不为大众所知的故事和名字，一些香艳的场
景，超出了所有我们之前读过和听过的关于您的

————————

①　中文版译成《杜拉斯生前的岁月》，海天出版社，1999
年版。

故事。就好像我们走进了您的内心世界，经历了您所经历的一切。好像这本书的作者可以看穿您的思想，好像她附身在您身上。

"不可以，不知道她是怎么想的！她以为她是谁？"

您在电话里大骂。

"这个小妞是骗子。她弄虚作假……我看不起她。"

我告诉您我刚从她家出来……

"她想用一本根本就不是她写的书来大卖。她欺骗了大家。所有人都抨击她的书。如果您采访了她，把所有的采访稿都撕掉！"

弗莱德里克·勒贝莱本应该收敛一点：不能攻击您的传奇，至少在您还活着的时候。当人

杜拉斯有时脾气很古怪

们要重新梳理您的经历，那也是在您亲自划定的范围里。人们难免会说：杜拉斯，"全球明星"，独自霸占了谈论杜拉斯、讲述她生活的权利。

电影导演让–雅克·阿诺有过切身的体会：他拍摄的由《情人》改编、以您在印度支那的童年为蓝本的大制作影片，没有得到您的认可。您通过各种媒体指责他篡改了您的作品和您的生活。

您甚至重写了《情人》，成了后来的《来自中国北方的情人》，您在书中对镜头的拍摄做出了明确的指示，"如果拍成电影"……这并不妨碍阿诺的电影成了全球热映的影片。因为《情人》，在龚古尔奖之后、在电影之前，已经成了全球畅销书：卖出了不止两亿册。

"我生活的故事是不存在的"，您在《情人》中这样写道，但同时您回顾了您青少年时代那些贫穷、野性和激情的岁月。

贫穷的年代。印度支那的恶劣气候，同样还有您寡居的母亲的贫困，人们卖给她一块不能耕种的土地。您母亲对那些愚弄了她的人义愤填膺，她抗争，固执地修建抵挡太平洋的堤坝，为了保住她每年被海水淹没的土地。您疯狂的母亲。

野性的年代。整个下午都在树上、在热带森林里撒野，光着脚丫，几乎衣不蔽体，和保尔，您深爱的、叫他"小哥哥"的兄弟一起。还有您的另一个哥哥，粗野的大哥，他是母亲的宠儿、小偷、吸鸦片的混蛋。那个用武力统治破败家庭的人，那个被印度支那的上等白人所鄙视的白人家庭。

激情的年代。绝望的激情。也是和绝望抗争，向往生活的激情。愤怒、厌恶的激情。肉体的激情：从小时候起就和"小哥哥"偷偷的、乱伦的激情，十五岁半和中国情人的激情。

"重要的不是欲望的芜杂，不是爱情的尝试，"您在快到七十岁的时候这样写道，"重要的是这个唯一的故事所承载的地狱般的痛苦。没有第二个故事可以替换。也不能撒谎。什么都不能。你越是想有意为之，它越是要躲着你。没有很多种生活可以让人去经历。所有的初恋都会破灭，然后人们便带着这最初的故事走进之后的故事。"

1981年，在同一年，您谈到小哥哥的时候

这样写道："他去世时，我也想一了百了，因为
我的童年堕入了暗夜，而他是它唯一的占有者，
他携它一道去了死地。哪种激情都无法替代乱伦
的情欲。"接着，"孩提时人们还不知道彼此爱
着，并将相爱下去，发现这种无知就是爱情。"

　　关于您对爱情的发现、在印度支那的童
年、十八岁最终回到法国后的生活，您谈过很
多，写过很多。但留下了一些空白。弗莱德里
克·勒贝莱以她的方式填补上的空白，是的。但
是，传记作家辩解说她没有丝毫编造，并没有虚
构您的生活，"如果说有时候我的传记看上去像
小说，那是因为玛格丽特·杜拉斯的生活就像一
部小说"。

　　在写作期间，她曾经把她的手稿给您看，
您跳了起来。而后，当书出版后，您向媒体证实

说："我读过前几章，根本看不出她写的是什么。"

弗莱德里克·勒贝莱一点也不惊讶："这恰好就是当年杜拉斯写她童年旧事时她母亲的反应。她母亲说：'可是玛格丽特，我并没有认出我自己。在你写的书中，我认不出我们。'而玛格丽特回答她说：'可这确确实实就是我们经历过的事情！'"

《杜拉斯或一支笔的分量》
法文版封面

并不只有您对《杜拉斯或一支笔的分量》的出版表示不满。在《世界报》上，有人把弗莱德里克·勒贝莱的传记评为"关于一个作家的写得荒唐到破纪录的书"。

人们批评书的作者采用了杜拉斯式的语言，和您缺少必要的距离。对她而言，"是这个选题需要这样处理"。在她看来毫无疑问：跟您做了一系列拉锯式的访谈后，她应该完全隐身在您的背后。"杜拉斯就是人们不容错过的情感、隐私和告白的总和。她的世界就是由这些东西组成的，特别适合用这样的方式去研究。因此，为了研究杜拉斯的世界，我必须忘记我自己。"

评论界最不喜欢的，就是她这本书窥探他人隐私的一面，美国式添油加醋的狗仔队做派。说到底，人们指责她冒犯了一个作家的私人生活——而且在她还在世的时候！不过弗莱德里克·勒贝莱丝毫都不后悔："如果有人要我写关于娜塔莉·萨洛特或莫里斯·布朗肖或其他对私生活非常谨慎、抗拒所有关于他们的出版物的人的传记，我绝对不会写。我会尊重他们的沉默和秘密。至于玛格丽特·杜拉斯，她把自己的一切都说出来了，但同时又想堵天下悠悠之口。这是一个构筑了传奇的人，但同时又认为这个传奇不容置疑，不管以何种方式。"

弗莱德里克·勒贝莱很清楚：这也是您想诉诸法律的原因。"有威胁说要没收我的书。让我大吃一惊……这真是！玛格丽特·杜拉斯，人权和言论自由的捍卫者，居然想查禁一本书！"

这本书的出版被拖延了一年。她和她的律师们用放大镜仔细检查过，为了确保没有丝毫诽谤不实之词。还因为生病：弗雷德里克·勒贝莱在写书的过程中表示，她因为《杜拉斯或一支笔的分量》影响了健康。"这本书让我病倒了。我是在我的心脏科医生的陪伴下写完这本书的。"

她又补充说："当杜拉斯说到因写作而带来的痛楚时，我真是深有体会。写作的时候是那么紧张、那么忘我，浑身的器官都受到了损害。"

尽管她这么说、这么做，弗莱德里克·勒贝莱还是不能完完全全地憎恨您。您把她吞噬了，是的，生吞活剥了，咬碎嚼烂了。但您还是她的榜样。

这就是我从她家出来时的印象。我今天依然是这样想的。

# 最后一次

那天，在电话里您骂过弗莱德里克·勒贝莱和她的书后，我问您身体还好吗，在写什么东西。沉默。过了一会儿，我问您是不是还在听电话……没有回答。

我等着。

遥远的呼吸声。从电话那端传来困难的、寻找空气的喘气声。然后突然笑了一下。孩子的笑声，真实，没来由的。美妙的。

我等着。

这次是您说的这句话。

"您还在听吗？"

然后，没有任何过渡，声音变得严肃。

"我刚写完一个东西。我找到一些遗漏的手稿。很久以前的手稿。我不知道它们是从哪儿冒出来的……我就写了。"


您好像很专注，一下子变得很急切。

"我写作。"

这是我最后一次跟您说话。

# 缺　席

后来，我每次打电话给圣伯努瓦街的公寓，我打过好几次，直到最后，直到您去世，都是别人接的。常常是一个女人，声音我不认识，冷淡，感觉有外国口音。我猜是您的私人护士。"她现在不能跟您说话。"那个女人说完就挂了。要么就是电话一直响，一直响……

我后来才知道您病得越来越重，越来越容易走神，脑子也不清楚了。到了最后，您甚至都不能握笔，您一直心心念念，那个执着的欲望——写作。"只要我写作，我就不会死"……

"激情，我这一辈子都不想要了"

# 死 亡

我从来没有见过您。我一次都没有在您出现的场合出现过。太晚了。您已躺在圣日耳曼德普雷教堂合上的棺木里。那是三月一个灰色的星期四，刮着风。

我的身边有一个男人。太晚来到我生命中的男人。太晚。激情，我经历过了。和 A 。之后我从激情中恢复了。和 P 。他也一样疯狂、神秘、让人无法抗拒。我尝遍了失去、思念的滋味，弄得遍体鳞伤。到了毁灭的尽头。

激情，我这一辈子都不想要了。我当时

杜拉斯和扬

就是这样想的。激情，不要。爱情……或许。

"爱，情不知所起，也不知会持续多久。爱……
为了给自己保留一份等待，永远也不知道，等待
一份爱情，一份或许还没有任何对象的爱情，但
只有期待，期待爱情。"

爱情，是的。但不是和他，那天站在我身
边的男人。他，我原本希望他是我的朋友，温柔

的朋友。我原本希望他可以温柔地把我抱在怀里。我原本希望自己可以倒在他的怀里。哭啊。哭啊……我原本希望他来安慰我，为了生者，为了死者，为了一切的一切。

我没有和他在一起。我和死去的您在一起。他不明白。他也感到害怕，我想。怕我在死去的您面前，变成石头。他逃走了。

仪式之后，广场上下起了大冰雹。您被抬上柩车离开了。我去对面的双叟咖啡馆喝了一杯咖啡。那里人很多，烟雾缭绕的。形形色色的人都在那里，谈论您。

我一个人坐出租车去了蒙帕纳斯墓地。那里人很多。家人、看客、粉丝、迷路的人、明星。

那儿有您的坟墓。


　　扬·安德烈亚坐在一张长椅上，一个人。
在我看来，他完全就是您电影和您小说中描绘的
模样。羸弱、孤僻、目光迷离。


　　我在潮湿的小径上走了很久。我问自己在
那里干什么。但我不想在其他地方。

# 葬 礼

"她在那里。"这是神甫说的第一句话。1996年3月7日星期四，下午三点，在圣日耳曼德普雷教堂，您住了不止五十年的街区的教堂。但是您生前有没有把脚踏进过这里？

您在那里，在水泄不通的教堂祭坛前那个合上的棺木里。就在那里，在扬·安德烈亚的目光里。扬被您的书、您的电影神化了，他成了一个不真实的人，一个没有身份的人。他，那个迷失的人，您用了那么多的文字去写他。

"都是些很短的信，"1992年您在《扬·安德烈亚·斯坦内》一书中明确地说道，"一些纸条，是的，就像是从某个无法生存、致命的荒漠中传来的呼救。这些呼唤有一种显而易见的美。"

后来，您又说："在我六十五岁的时候这个故事发生在我和同性恋者Y.A.身上。这或许是我这一生中到目前为止最意外、最可怕、最重要的事情。"

他一动不动。他站在死去的您的后面，穿着初领圣体时穿的礼服，太大不合身，耷拉着脑袋。扬·安德烈亚，您的骑士、护花使者、不可能的爱人，您在世时只写了一本书《M.D.》的作者，献给玛格丽特·杜拉斯，能怎样呢？每时每刻听人谈论的都是您。

"扬，你有没有感觉自己是杜拉斯的附属品？"在您的最后一本书《这就是一切》中可以读到这样的句子，人们在私底下逗趣，说那不是杜拉斯写的，不可能，她不会出版这样的东西，不会这样，是有人利用了她，利用她的年迈多病，盗用了她的名字。有人，说的就是他——扬·安德烈亚。他把您临终的谵妄、对此生的告别都毫无顾忌、不加甄别地记录下来，然后用您的名字统统发表出来。人们这样议论。

《玛格丽特·杜拉斯：真相与传奇》中文版封面

阿兰·维尔贡德莱在《玛格丽特·杜拉斯：真相与传奇》一书中写道："她冒出一些彼此没有联系的词语和句子，有人

把它们做成书，她在上面署名。真的能算她的书
吗？从书的真实意义而言，真的是她要写的书
吗？"

当管风琴奏响巴赫康塔塔最初的几个音符
时，扬·安德烈亚没有哭，康塔塔是您在夏天下
雨的午后爱听的曲子。之后，他一个人，跟着灵
枢往出口走去，魂不守舍的。听到他挪动步子的
声音，也有其他人的，亲朋好友，您的亲朋好
友。

真的是您的儿子让·马斯科罗在那里吗？
他是矮个子，跟您一样。人们说他长得像您。阴
沉着脸，像一根铁棍一样杵在那里，好像随时要
发脾气的样子。因为难过或是愤怒……说不准。
感觉他是一个内心受到震动、失去方向的人。

在那里，戴着帽子的，是让娜·莫罗？还有那里，那里，埃德加·莫兰、芬妮·阿尔丹？教堂里充满了您的经典电影《印度之歌》里的音乐。一排排的人走了，空了。结束了。这就是一切。

在《这就是一切》这本书中："我认为结束了。我的生命结束了。我不再一无是处。我成了彻头彻尾可怕的人物。我要分崩离析了。快来。我不再有嘴巴，不再有脸了。"

外面下着冰雹，而灵车已经不见了。但是，您还在那里。您没有在3月3日星期天死在您巴黎的公寓里。您在教堂前广场上所有人的脑海里，在他们哭红的眼睛里，在他们的沉默里。

已经是星期一了，他们挤在圣伯努瓦街5号

的人行道上：街区的人、路人、看热闹的、粉丝，一动不动，仰头看着您的窗户。您就要出现了，他们在苍白寒冷的清晨等您。您要跟他们打个招呼，大叫您在那里，和您那位被抛弃的副领事、您的沙漠、您穿着晚礼服的安娜–玛丽·斯特雷特、您的被自己迷住的劳尔·V.斯坦、您的衣衫褴褛的乞丐、您驶向湄公河的渡轮、您整天上树的日子。您在那里。"你害了我，你对我真好。"在那里，和您的中国情人、您的绝望、您的疯狂一起。您的激情。"十八岁的时候我就已经死了，当我以后死去的时候，我还是十八岁。"

　　在那里，两步之遥，在您住的街区的迪旺书店的橱窗里，全是您。还有，在早上的报纸上，整版整版都是您。您的一张张照片就像您生活的一个个片段，尽管："我生活的故事是不存在的。"

您，小玛格丽特，和您严厉的母亲在印度支那的家门口。您疯狂的母亲。"贱货，我的母亲，我的爱。"

您，十五岁半，戴着男式礼帽，在西贡潮湿的空气里骄傲地摆出迷人的姿势。您漂亮、优雅、苗条、性感，1943年，那一年您出版了第一本书《厚颜无耻的人》，那一年您抛弃了父亲的姓氏（多纳迪厄）用了笔名，一年后您参加了抵抗运动。

您是"68分子"，之后是女权主义者，您的脸已经受到酒精、熬夜和写作的侵蚀。您在玛德莱娜·雷诺的怀中，她是第一个相信您的剧作家天分的法国戏剧明星，您在1966年《Vogue》

写作与回忆，这就是杜拉斯

杂志上为她写过一篇绝妙的文章。您也是电影人，在您诺弗勒乡下的房子里，您和刚起步的热拉尔·德帕迪厄一起，他被您的才华折服了。

您也是奇迹，1988年，在漫长的昏迷后，您从死亡线上回来。您老了，皱了，缩了，像一个扎好的小包裹，但您的眼中一直闪烁着光芒。

您在那里，杜拉斯，永远都在。在您的书里。五十二本。"我一生都在写作。像一个傻瓜，我写作。"五十二本书，如果不算您的文集和访谈。您的"音乐"，您内心的声音，您省略的句子，不定式句。您的"洞-词"。这种风格，有一种距离感，又让人震撼。写作："激情之地。"

举世闻名、蜚声全球的您，因为七十岁获

得的龚古尔奖。

　　您，荒芜的电影人，十五部无法归类的影片的导演。"甚至当我拍电影的时候，我也是在写作。"这个画外音，您的声音，从无处来，在黑暗中，在夜里，在模糊中，在虚无中。"这种黑，"您说，"我把它叫作'内心的影子'，是每个人历史的影子。我还会这样去称呼总是无比美妙的杂糅，无一例外，是它让人变得生动，不管他是谁，不管在哪个社会，哪个年代。"

　　您的电影，就像一个嘲讽，一种属于自己的完全展现风格的方式。"全世界所有电影人为电影所做的都在我之下。"

　　您自负、放肆、自由。"我和自己沟通起来自由通畅，这符合我的个性。"

您死了？"我自以为我在写作，但事实上我从来就不曾写过，我以为在爱，但我从来也不曾爱过，我什么也没有做，不过是站在那扇紧闭的门前等待罢了。"

# 遗　产

一年后，在您儿子的公寓里，巴黎，雅各布街。

"玛格丽特，现在是我。"

我盯着对面墙上那张您的大照片。您微笑着，目光迷离，心不在焉。

"自从她死后，我得负责一切，绝对是一切。她的事务，她的房子，她的书，她的出版商……我得管理一切。玛格丽特，光她自己的一摊事情完全就是一个小公司，只是她从来都没有钱，没有经纪人，没有律师。二十年来，一切都是无为而治。而我，我也继承了这一点。"

让·马斯科罗事先就跟我说好了，"我只回答三个问题。不能更多"。

那是在诺弗勒堡，距离巴黎三十分钟的车程，几天前，在他继承的您在乡下的房子里，这个传奇的房子里依然充满了您的影子，有一个琴房，那里见证了《印度之歌》音乐的诞生，十几个卧室，到处都是靠垫，都是用来招待朋友的。在那里，在那所20世纪50年代末您用《抵挡太平洋的堤坝》的电影改编版权买的石头砌的老房子里，在无数的干花花束、无数的用旧布做的灯罩罩着的灯和无数镜子中间，您拍摄了好几部电影：《娜塔莉·格朗热》，1972年和让娜·莫罗一起拍的；《卡车》，1977年和热拉尔·德帕迪

杜拉斯在诺弗勒堡的花园里

厄一起拍的……

　　在那里，在诺弗勒堡的房子里，大家还这么说：玛格丽特的房间，玛格丽特的玫瑰花……大家指的是您儿子、您的朋友、您的知己。在门厅，挂钩上有几件旧羊毛衫，是给大伙儿在露台上抵御夜风清寒时披的。在这些衣服当中，有您那件黑白格子、被虫蛀掉的砍柴时穿的罩衫，因为一张您著名的照片而传世，照片是以花园为背景拍摄的——您称它为"公园"。夜色降临，有人把这件罩衫披在我的肩膀上。

但我说得太快了。当我和作家米歇尔·芒索，您三十年的邻居和好友，在傍晚到达诺弗勒堡时，您儿子，也就是乌塔，正在修草坪，骂着没把草割干净的崭新的割草机。穿着破烂的T恤和破了洞的牛仔裤，汗流浃背，他瞟了我一眼，嘴上叼着香烟。我没有坚持。

让·马斯科罗不接受采访，他完全可以是一个园丁的儿子……我知道这个，我记得。我看过法国电视二台的这档节目，是专门为您的周年祭拍摄的：他几乎没说两句话。

在低声抱怨过卖割草机的商人骗人、车库经营者卖劣质汽油、全世界都不顺他的心之后，除草计划搁浅了……几口米歇尔·芒索带来的茴香酒和干香肠下肚，之后是朋友们准备的丰盛晚餐，享受屋内的清凉，玛格丽特独创的樱桃蛋糕，再然后是乡下的苹果烧酒，凌晨三点，在公园尽头坏了的那张玛格丽特的专属长椅上，他一边抽着大麻烟卷，一边对我说，笑容有点僵硬："我一点都不杜拉斯。"他最喜欢说的一句话！

第二天，在露台上，和朋友们、他的表姐让娜和她的丈夫孩子一起吃过午饭烤香肠后，他悄悄地对我说："访谈嘛，我们以后再说……"然后，当我准备回巴黎的时候，他又对我说："明天来我家，雅各布街。"只有到那时他才会谈那三个问题。我想着第二天的访谈入睡，也就是说睡得很浅。我在喝开胃酒的时候到他家报到，电唱机上放着巴赫的音乐。

一点也不杜拉斯……您到底确切想指什么呢，让·马斯科罗，人称乌塔？这是我的第一个问题。"简单说，我不是一个杜拉斯专家。"

他站起身，在一叠书上取了一本名叫《玛格丽特·杜拉斯，上帝和写作》的小册子……

在这个公寓里，到处都是您的书，关于您的书。

应该说自从您去世后，学术研讨会、纪念活动、出版……就没有停过。这边正好是阿兰·维尔贡德莱新写的一本配了让·马斯科罗收藏中未发表照片的传记。那边，是精神分析学家米歇尔·大卫写的关于您作品的分析。接着，当然还有米歇尔·芒索的《闺中女友》，正是这位女友带我去了诺弗勒堡。

就在旁边，在刚到的几个纸箱子里，有几十本伽利玛出版社的"四连棋本"丛书：1764页，五十年的写作；您的主要作品都收录在内。

让·马斯科罗把最近召开的《玛格丽
特·杜拉斯，上帝和写作》的研讨会的小册子
拿给我看。他严肃地读上面的文字："玛格丽
特·杜拉斯想象中的永久的象征意义的矛盾统
一。"他抬眼从月牙形的眼镜上面看我，"这
个，我从来没做过。我不会做。有杜拉斯专家
去做。我呢，我不是杜拉斯专家。我是玛格丽
特·杜拉斯的儿子，她的独子。我们一起生活了
四十九年。这充满了感情：妈妈……妈妈—乌
塔……四十九年的共同生活。但杜拉斯专家，我
不是。就是这样！我算回答了您的问题了吗？"

"玛格丽特，现在是我。"这是让·马斯
科罗回答我第二个问题"自从您母亲去世后，最
艰难的是什么？"的答案。首先他谈到了母亲去
世后的缺失感："圣伯努瓦街一直都在那里：距
离这里一百米，那里有我母亲的公寓，她的所有

物品，摆在她书桌上的铅笔……我有一个朋友现在住在那里，他做晚饭。有时候，夜深时，我会对自己说玛格丽特要回来了……"

现在住在那里的朋友是让–马克·杜林纳，也是您的朋友，跟您合作拍摄了两部电影，也是您钟爱的阅读您手稿的人选——比如《情人》——他在伯努瓦街5号接待了我。

在餐厅的桌子周围，有几百本书：各种语言的关于您的作品，然后是全世界翻译您的书的各种译本。

在客厅的书橱里，有几公斤纸：手稿、书信和各种文件，装在一些塑料袋里。杜拉斯的手稿装在单一价超市的塑料袋里？！应让·马斯科罗的请求，让–马克·杜林纳把一切整理分类。

在着手处理那堆私人资料之前，他先整理了您公开的发言：您在电台里谈论关于您的书、关于您自己、关于您的生活、关于政治的话。这成了后来的《玛格丽特·杜拉斯：话语的迷狂》，一套CD，得过著名的夏尔·克罗学院大奖。整整五小时，可以听到您在人生不同时期的声音，也可以听到对您作品的改编、口述见证，还有原创的音乐伴奏。"我就在这里，我听磁带……听了一百二十个小时。我什么都没扔。所有音像资料都在这个房间里。"

让-马克·杜林纳和乌塔一起准备把您住了不止五十年的公寓清空，1996年3月3日您就在这个公寓里去世，享年八十一岁。此前您和扬·安德烈亚，您的最后一个伴侣，一起生活了十六年，而扬在葬礼之后就没了消息。

我们在客厅坐下来。"您坐的是她的椅子……您看，在那边，火炉上的贝壳和摊得到处都是的纸张……玛格丽特很喜欢纸。她喜欢有一堆小东西围绕在周围……这里的东西一样都没有动过。公寓从1943年以来就没有重新漆过。"

1943年，出版《厚颜无耻的人》，您和丈夫罗贝尔·昂泰尔姆搬进这个公寓。"那边，瞧，在天花板上，或许是香槟酒喷过的痕迹……玛格丽特组织过好多次精彩的聚会。鲍里斯·维昂来过这里，总是逗大家乐的雅克·塔蒂，还有格诺、巴塔耶、莱里斯、布朗肖，当然少不了埃德加·莫兰、克洛德·鲁瓦、雅克–弗朗西斯·罗兰、维多里尼……"

朋友聚会、文学聚会，也有政治聚会。让–马克·杜林纳和让·马斯科罗一起制作了《不屈服的精神：在圣伯努瓦街小组周围》，一部几小时的电影和一系列关于这个主题的电台节目。

"所有讨论阿尔及利亚战争问题的聚会都发生在这里。1945年罗贝尔·昂泰尔姆从达豪集中营回到这里，二战期间密特朗从伦敦回来就住在这里，他吸收杜拉斯、昂泰尔姆和马斯科罗参加抵抗运动。"

马斯科罗——迪奥尼斯，让的父亲，陪伴了您十几年的伴侣，至少是您丈夫罗贝尔·昂泰尔姆一辈子的挚友……

让-马克·杜林纳带我见了迪奥尼斯·马斯科罗，和您的儿子一起在一家破旧的酒吧吃饭，软垫长椅都裂了口子，总是在同一家酒吧，埃斯科拉耶，离他家两步路，离您家也只有两步路，当然离乌塔家也只有两步路。看一眼就知道，这个男人以前非常英俊。情场老手的类型，但热烈、深沉。我完全可以想象五十年前您如何抵挡不住他的诱惑，疯狂地爱上他。

他请我喝了一杯白葡萄酒，抽了一口我的加拿大香烟，很怀念地跟我提到了"玛格丽特的玫瑰"："那是我种的……"

迪奥尼斯·马斯科罗，哲学家，《为了一种作为思想的共产主义》的作者，在我们见面后不到三个月就去世了，享年八十二岁。他是不是有时间最后一次去看了玛格丽特的玫瑰？

那一天，在酒吧，他不停地谈论您。他非常清晰地记得你们俩一起度过的岁月。"我是在二战期间，1942年认识玛格丽特的。我当时在伽利玛出版社工作，她是负责给出版商派纸张的委

员会的秘书。我们对一些书的喜恶趣味相投，很
快就相互有了好感。也就是说我们有着相同的审
美。"

他咳嗽，大声清了清嗓子。我们感觉他要
把肺都咳出来了。但他的眼睛就像两个炽热的火
球。"我们在任何事情上都高度一致、非常融
洽……我想说的是，包括抵抗运动。参加抵抗运
动的女人很少。她，她是积极分子。这让我们的
相处非常投契。玛格丽特不是call girl[①]。她很迷
人，是的，但她更多是靠智力吸引人。我们当初
非常相爱。"

沉默。"她想要一个孩子。"他指了指乌
塔，后者认真地听他说话。"这个可不是意外怀

---

① 英语："应召女郎"。

上的，是我们特意要的。她对我说：'我想要一个孩子。'……而我呢？我呀，就接受了。"他哽咽了，调整了一下呼吸，眼睛湿湿的。

您儿子就坐在对面，假装在逗趣。他喝了一口啤酒，装作若无其事的样子。简直就像电影里的场景。

我又想到《写作》："生命中会出现一个时刻，我想是命定的时刻，谁都逃不过它，在那一刻一切都受到质疑：婚姻、朋友，尤其是夫妻俩的朋友。孩子除外。孩子永远不受质疑。"

迪奥尼斯·马斯科罗说得很明确："是她把我甩了。她爱上了别的家伙。而我们也没有结婚！"

"生命中会出现一个时刻，我想是命定的时刻，谁都逃不过它。"

您曾经写过这样的句子："如果不是对爱情的忠诚，那忠诚是什么……"

他又补充说道："当玛格丽特和罗贝尔一起生活的时候，她有过几个情人，他也有过几个情妇。也就是说，我不算是对不起罗贝尔·昂泰尔姆。"

您20世纪50年代被开除出共产党时，可以在党的报告中读到："和两个男人生活在一起"。

我记得密特朗在他爱丽舍宫的办公室跟我说过的话："罗贝尔·昂泰尔姆是一个非常体贴的男人。他给妻子自由。"

马斯科罗和昂泰尔姆保持了一辈子的友谊，

直到您丈夫于1990年去世。"对我而言，罗贝尔是兄弟，我跟他的关系甚至比跟我的亲兄弟还亲……1945年，是我和乔治·博尚带着密特朗的指示和提供的证件去达豪集中营找他的。"

我跟他谈到《痛苦》，我刚重读了一遍，完全被这本书征服了，我在巴黎看过改编的戏剧。我不知道迪奥尼斯·马斯科罗讨厌这本书。里面的一篇文章，最重要的一篇，先是发表在《女巫》杂志上，没有署名的那篇，让罗贝尔·昂泰尔姆和您彻底闹翻了：您的前夫没有原谅您用了他的故事。这件事，我是很久以后在让-马克·杜林纳的书《圣伯努瓦街5号，4楼左室》出版后才知道的。

我完全沉浸在这个根据战争日记或多或少真实重构的故事里，日记本是四十年后在诺弗勒的一个橱柜里找到的。我跟您一起重新经历了焦躁不安的等待，然后是那个您都认不出来的男人意外的生还，那个弗朗索瓦·密特朗在达豪的"死人堆"里找回来的、医生说活不过当天的男人。

迪奥尼斯·马斯科罗对《痛苦》没有做任何评价，但他证实："罗贝尔当时只有三十五公斤重。他瘦了五十公斤。他奄奄一息。"

他凝视着我，"您读过他的书？"

《人类》……杰出的书，罗贝尔·昂泰尔姆从集中营回来几年后在一个由作者本人创建的小出版社出版，之后在伽利玛出版社再版……密特朗说得对："这是写集中营写得最好的书之一"。罗贝尔·昂泰尔姆无情地讲述他在达豪集

中营的日常生活，却成功地揭示了集中营生活给
他的启示："这种终极的、属于人类的情感"。

就在我去埃斯科拉耶酒吧见迪奥尼斯·马
斯科罗之前，当我和让-马克·杜林纳还在圣伯
努瓦街5号的时候，莫尼克·昂泰尔姆，罗贝尔
的第二任妻子，他的正牌寡妇，没说一声就进了
公寓："我来找《人类》的手稿。应该在这里，
哪儿都找不到。还有罗贝尔写给玛格丽特的信。
罗贝尔死前让我发誓这些信不会被发表。我还想
找罗贝尔没有发表的诗歌。"

她有点敌意地指了指客厅壁炉旁边一块空
出来的地方："这里以前有一个五斗橱。罗贝尔
的诗歌就放在里面。他曾经拿给我看过。有一首
诗的开头一句是这样的：'你害了我，你对我真
好。'"

电影《广岛之恋》剧照

"你害了我，你对我真好"？《广岛之恋》中反复出现的句子？！我愣住了。让–马克·杜林纳也愣住了。他曾经告诉我，正是这部取得巨大成功的电影让十八岁的他走进了杜拉斯的世界，之后他才和很多年轻人一样，忘我地投入到对您作品的阅读中，之后自愿跟您一起拍电影。

在惊讶的杜林纳面前，莫尼克·昂泰尔姆用很高的音调大声说："玛格丽特从罗贝尔那里偷走了这个句子。她真可怕，玛格丽特。她真可怕……但她是天才。"

气鼓鼓的夫人空着手离开后，让-马克·杜林纳又补充了几句："玛格丽特是天才，因为她聪明，有才气，质朴，而同时，是的，她也是可怕的。可怕是因为她也可以是冷酷的、不公正的、凶狠的。所有人都跟她吵过架，我不认识没被她拒绝过、冷落过的人——包括我。"

在带我去诺弗勒堡之前，米歇尔·芒索也跟我说过同样的话。"总有一个时刻，她觉得自己是被剥削者，而'被剥削'这个词让她想起她母亲在印度支那期间的命运，她（母亲）受到了那些把被海水淹没不能耕种的土地卖给她的权贵们的剥削。"

在《闺中女友》中，米歇尔·芒索说在她当了诺弗勒堡一辈子的好邻居好朋友之后，您突然跟她断绝了关系。"1984年我写了一篇名叫《中断》的文章，讲到了玛格丽特接受戒酒治疗、病得很严重的那段时间发生的事。我写那篇文章是因为她的伴侣，扬·安德烈亚发表了《M.D.》，讲了很多私密的东西。玛格丽特喜欢真相，她不怕骇世惊俗，她允许这类文字存在。她先是夸奖了我的文章，之后，因为这本书跟我闹翻了。当她成了大明星之后，我们有十几年都没再见过面。我想，她或许在心里说：'谁也不能拿走我的传奇。'"

我几乎不敢想象如果您读了您去世后在意大利出版的《玛格丽特的中国情人》一书会有什么反应。作者安杰罗·莫里诺说和您在《情人》中所写的相反，您在出生地印度支那从未有过中国情人：确切地说是您母亲，《抵挡太平洋的堤坝》中那位疯狂的母亲可能经历过这份不寻常的激情；您就是这一不伦之恋的产物！这也解释了您为何带着亚洲人特征的面容……

在您去世二十年前，您就已经提前做好了防备。在一篇发表在《女巫》杂志上的文章中，您明确表示，您的的确确是多纳迪厄夫妇合法的女儿，他们是自愿离开祖国去了殖民地。面对那些层出不穷的谣言制造者，您这样写道："当我们十五岁的时候，有人问我们：你们真的是你们父亲的孩子？瞧瞧你们，你们就像混血儿。我们从来都不回答。根本不是问题：大家知道我母亲很忠诚，像混血儿是因为他乡。没完没了的他乡。我们的样子不言而喻是因为这片生长芒果的土地，南方的黑水，一望无垠的稻田，这都是些细节。大家都知道。我们被深深地打上了童年无声的烙印，这一种双重的身份，当然，在这里，还有别人看我们时的讶异表情。"

在《女巫》杂志的那篇文章中，您还补充说："人们对我们说：不会是食物让皮肤变黄，阳光让眼睛变小吧？不会，学者们很肯定；不存在这种可能，内行人这样回答。我们，我们才不会问自己这样的问题。就像在六岁的时候，人都不看自己：我们都有同样奇怪的身体，彼此息息相关，是由米饭、偷吃的芒果、坛里的鱼、她不许我们吃的那些有霍乱病菌的脏东西做的。唯一显而易见的是：我们不是她所希望的孩子。"

那么您的儿子，他是您想要的孩子？当他小的时候，他对此是怎么想的？您去世一年后，他又是怎么想的？我想问问他。但我没敢这么做。不管怎么说，在他解释"一点都不杜拉斯"

和自从您死后他没完没了地抱怨各种日积月累的
困难之后，我的访谈时间所剩不多了。

"您母亲留给您最重要的东西是什么？"
这是我问让·马斯科罗的第三个也是最后一个问
题。他扭头看着挂在墙上的您的大照片。手托着
腮，掌心摊开，注视着您。好像您就要开口说
话，会偷偷告诉他答案。

他几乎是微笑着回答："我想说是我们性
格中都有的那种骨子里的桀骜不驯吧……玛格丽
特狂野不羁，谁都改变不了。证据就是，她1943
年开始发表作品，四十多年后才获龚古尔奖，但
在此前漫长的岁月里，她一直写作，完全按照自
己想做的去做，不随波逐流……"

他停顿了一下。他为您自豪，这看得出

电影导演杜拉斯

来。就像一个小男孩。一个失去母亲但记住母亲
教诲、很快就要五十岁的小男孩。"玛格丽特教
我自由去爱，还有或许就是永远，永远都不要绝
望，在绝望中快乐。"

在《杜拉斯拍电影》，您儿子在1981年和
一个后来成了作家和剧作家的朋友热罗姆·博儒
尔（他跟您合作了《物质生活》）一起拍摄的纪
录片中，您说（当时您自己也正在拍摄《阿嘉
塔》）："我把不能展示的展示出来，这才是我

感兴趣的。"

您又补充说："并不是因为上帝不存在人就要自杀。我想正是因为上帝不存在，人才应该无所谓，应该快乐。什么也不能代替上帝。这是一个绝对的、无法替代的、美妙的、本质的概念，一个天才的、完全天才的概念。但既然他不存在，那他就不存在。所以还是在绝望中快乐吧。在他不存在的绝望中寻找快乐，从某种意义上说是苦中作乐！"

在您生命的最后，您把自己当作上帝或者我不知道是谁，您堂而皇之地说："都说我有天分，现在我已经习惯这一点了。"

说到底，杜拉斯的天分是什么？谁都没有回答过这个问题。

# 连通器

我找到了您在1985年写的这段话："有天分，就是要把自身之外的美妙原封不动地画在画布或写在书上。感觉到外界和自己的内心有什么地方是相通的。"

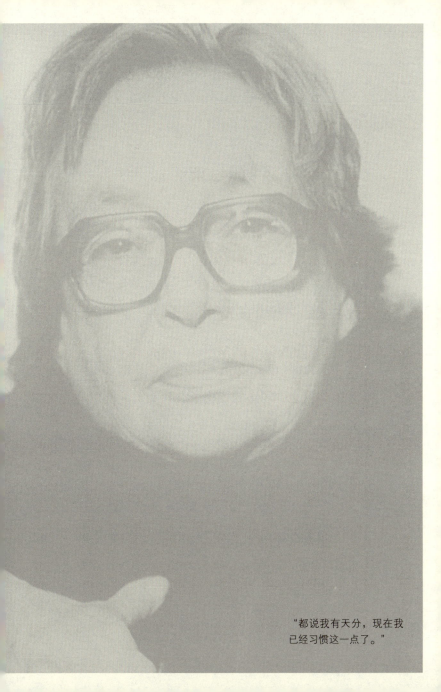

"都说我有天分，现在我已经习惯这一点了。"

# 越 南

　　杜拉斯，我和您还没有完。1997年秋，我出发去越南，沿着您的足迹。

　　湄公河三角洲，渡轮，稻田。沙沥，您母亲的学校，中国人的蓝房子，西贡女子寄宿学校……一切，我想看您童年生活过的一切。

　　然而，这已经不是同一个国度。

　　越南告别殖民地已经很久了。只有一些happy few[1]，尤其是一些上了年纪的老人，在昔

---

[1] 英语：少数幸运儿。

日的印度支那上过学，还能嘟囔几句法语。在这个曾经也说法语的国家，最近重开的法语–越南语双语班并没有改变局面：英语才是大势所趋。

一直都能听到、看到、感觉到英语的存在，在南方尤甚：美国人来过这里，带着他们的冷战，他们的B–52轰炸机。尽管历史上美国屈辱地战败，但美国人却赢得了越来越多的地盘，全球化使然。共产主义凯旋，至少从表面看来是坚持下来了，打着苏联式铁腕政治的烙印，尤其在北方。

然而，这也是同一个国家。您镌刻在我身上的那个国家。

这里有瘦弱的黄皮肤的孩子，光着脚在泥地里玩。有患佝偻病的狗，在不知道什么地方嚎叫。空气中蒙了一层灰，在正午的阳光下依然不散。还有让人筋疲力尽的炎热，让人浑身流汗、眼皮变重的湿气。

在路边，一个女人在给她的小女儿捉虱子，大女儿在一旁认真地看着，等着轮到她。一些老人，蹲在地上喝茶，对上渡轮前周围的骚动不闻不问。

我等着。

我等着上湄公河的渡轮。沙沥和永隆之间的渡轮。《情人》的渡轮。就是您十五岁半认识中国情人的渡轮。

昨天，在胡志明市（也就是当年的西贡）范老五街的一家小餐馆，一个穿牛仔裤和T恤衫的越南姑娘主动坐到我的桌边，抱着一大摞书。一堆用劣质纸张复印的书，她要拿去黑市卖的。在那些旅游指南和越南菜谱当中还有《情人》。

在胡志明市的旅游商店，有卖电影明信片的放大照片，上面是珍·玛奇的照片，让–雅克·阿诺在七千名试镜者中挑选出来饰演《情人》中戴男人帽子、穿金丝高跟鞋的白人女孩的女演员。

"那是在湄公河的渡轮上[①]"。是这句话领我到了这里，在大地的尽头，在湄公河三角洲，在昔日的交趾支那，1914年4月4日您出生在那里。

———————————

[①] 《情人》中的句子。

我等着。


一个挑着一担满筐橘子的女人绝望地敲着汽车车窗。另一个傻女人，两手抓满了小米糕。然后另一个女人又走过来，抓住鸡的爪子骄傲地挥舞着几只活鸡。一张张脸上堆满了恳求。乱七八糟的画面堆积在一起，模糊，挥之不去。


一切都混淆在我的脑海里。我是一个外国女人，在一个文学又不仅仅是文学的国度。时间是不真实的。空间也不是。面容也不是。


一个眼球突出的小伙子把鼻子贴在我的窗玻璃上。他拿着一瓶水。他笑着。一个小姑娘赶他走。她给我看布娃娃：用旧布头做的，头上戴着一顶小小的圆锥形帽子。她也微笑着。但她也被别人赶走了。

一个衣衫褴褛的老女人向我伸出一只佝偻
的、指甲发黑的手，目光迷离，牙齿都掉光了。
是她，我认出来了：是那个一直萦绕在您书里
和电影里的女乞丐，那个疯子，那个流浪的女
人⋯⋯当汽车再次发动，她大叫着抓住车门。但
司机无情地加速了。他朝渡轮飞驰而去。

在摇摇晃晃的小车、自行车、小摩托车和
几辆"日本制造"的空调车、一辆装满木板的破
旧老卡车中间，是一辆苏联卡车，1975年和共产
主义一起到达这里的。

没看见黑色的利穆新轿车。也没有中国情
人。没有戴男人帽子、穿金丝高跟鞋的白人女
孩。

但只要看看渔船，独木舟，满载大米、鱼

和水果的平底大驳船就够了。只要看看河边顾影自怜的水仙就够了。您在那里，杜拉斯，到处都有您。只要迷失在湄公河浑浊的波涛里就够了。只要闭上眼就够了。

她看着他。她问他是谁。他说他刚从巴黎学习回来，他也住在沙沥，就在河边那幢带蓝色琉璃栏杆露台的大房子里。

那一天，您和两个哥哥还有在当地任女子中学校长的寡母离开了你们一起生活的沙沥。这位疯狂的母亲，因为在柬埔寨附近的波雷诺买了一块无法耕种的地破了产。那是在1929年。那是暑假末，您回到西贡参加会考，西贡是交趾支那的首都，当时被视为"东方的巴黎"。

沙沥位于湄公河三角洲。胡志明市以南

一百五十公里。小城市迷失在当初号称"交趾支
那花园"的泥水里，因为那里土壤曾经非常肥
沃。

　　一条两边种了棕榈树的大街，有几幢破落
的殖民时期的房子。几条热闹的小街，两边是破
破烂烂的房子，仿佛马上就要塌了。一个菜市
场，摆着一些不那么诱人的食品，有污血在流
淌，还有一些劣质小商品。一家国营旅店，褪了
色，冷冷清清的。拐弯处有一两家餐馆，不怎么
起眼，空荡荡的。还有一座红塔。蓝色琉璃房
子。还有一所曾经的女子学校，被重新命名为
"征王小学"。

　　"《情人》，是真实的。"一个中学女教
师用蹩脚的法语急切地告诉我。不久前学校恢
复教授法语，还重办了双语班。"我读过那本

书，看过电影，"女教师继续说，"我知道'情人'——黄水梨，是个好人。他很富有。他在沙沥有很多产业。1972年去世。"

《情人》的原型黄水梨

1991年，在《来自中国北方的情人》（为"如果拍摄电影"而重写的《情人》）中，您这样写道："我得知他已经去世好几年了。"之后："我从没想过他会死。"

当1992年让-雅克·阿诺的电影上映时，在电视镜头前您说："这完全让人难以置信，但今天早上在《巴黎竞赛报》上刊登了我的中国情人的照片，他名叫水梨。……我觉得他比阿诺那部美国电影中的情人要英俊多了。那是一张真实

的脸，非常、非常近，也很诧异，而且非常温
柔。"

我可以拿到一张中国情人照片的复印件，
他侄子会亲手交给我。情人的侄子，住在沙沥市
中心的红塔那里。一座摆满了金箔、骨灰龛和积
灰的龙的塔，是富有的中国情人请人为他的家族
建造的。

然后我会穿过菜市场，一直到河边有蓝色
琉璃栏杆大露台的大房子。但"禁止入内""请
勿拍照"。房子破败了——中国情人就在那里长
大——被警察从水梨家没收后接管了。武装警卫
看守着这个地方。

我还会去参观墓地，看看中国情人的坟
墓。跪在泥地里悼念的时刻。迷失的时刻，我脑

海中又浮现出那些话，您第一次在电话中说过的
话："死？好的；在死亡面前怀疑？不。死神会
来的。"在死亡面前发疯的时刻就要来临，我的
死亡。


但此时，在沙沥的前女子学校，人们给我
上了茶，那个女教师拿了一本大大的校史档案给
我看。她从里面取出好几张照片。多纳迪厄夫
人，您母亲的照片。还有您儿时的照片。"我没
见过玛格丽特，"五十多岁的女老师跟我解释
道，"当她回法国的时候我甚至都还没有出生。
但在沙沥有一个女人，是多纳迪厄夫人教过的学
生，她认识玛格丽特。"


那是位满脸皱纹的老妇人。一个驼背、牙
齿发黄、头发顺滑稀疏的越南老妇人。她叫李夫
人。我去看她的时候，她家人让她坐在床上接待

我。一张用灰色床单临时铺的床，摆在一道破旧的帘子后面，几乎遮不住堆在门厅的米袋。她的脚变了形，肿得很大，悬在半空晃荡。她笑着。

"是是……是，是……"她记得。我的翻译告诉我。"每次我看见玛格丽特和她的中国情人出去，我就去告诉她妈妈，多纳迪厄夫人。"

她的身子很瘦，"皮包骨头"，您想必会颤巍巍地说。有人，一个女人，她的儿媳妇，如果我猜得没错的话，站在她身边，一旦她完全陷在床上就把她扶起来。"所有人都喜欢她，玛格丽特。她很热情，她是我朋友。但是当她和中国情人出去的时候，我就去告诉多纳迪厄夫人。因为多纳迪厄夫人是我的老师！"

她用法语发"玛格丽特"和"多纳迪厄"这两个名字。她话说得很快，急着要告诉我您当时是多么自由。"她不乖，不听她母亲的话。常常逃课。她喜欢她的情人胜过上课……后来，当玛格丽特回到家，她母亲就惩罚她。"

当我母亲发作的时候，她向我扑过来，把我关在房间里，用拳头捶我，打我耳光，剥光我的衣服，凑近来闻我的身子，闻我的内衣，她说她发现我身上有那个中国人的香水味，她还迫近我，看我的内衣裤上是否有可疑的污迹。然后她便大声嚷叫，好叫全城都能听到她的声音，说什么她的女儿是个婊子，她要把她赶出家门，说她恨不得看到我死，还说再也没有人会要我，说她的脸都被我丢尽了，我连狗都不如。

老女友的目光变得黯淡，"多纳迪厄夫人不接受情人。她不喜欢他。她不希望玛格丽特见他。多纳迪厄夫人不喜欢那个中国人，因为她听说他的家庭不接受玛格丽特。对多纳迪厄夫人而言，这是一个自尊的问题。在东方人的传统里，中国男人应该娶一个中国女人"。

从一开始，我们就知道我们的爱情是没有未来的……

至于她的法语老师，沙沥女子学校这位曾经的女学生对她印象最深的是她的慷慨。"多纳迪厄夫人只是对她女儿很严厉，对学生不会。多纳迪厄夫人给我们这些孩子做蛋糕吃。她给我们做饭。她很清贫。对一个法国女人，一个外国女人而言，她很穷，是的。但对越南人而言，并不算穷。"

我们从没挨过饿，因为我们是白人的孩子，我们曾经为此感到羞耻，虽然我们也卖过自己的家具，但我们并没挨过饿，我们还雇过一个小男佣，虽然有时我们倒也真的吃过一些乌七八糟的东西，吃过水鸟，吃过凯门鳄，不过这些脏东西也是仆人替我们煮好的，并且是由他伺候我们吃的。我们有时也拒绝吃这些东西，因为我们可以摆阔而不想吃。

多纳迪厄夫人是一个勇敢的女人

老妇人说多纳迪厄夫人是一个勇敢的女人："她一个人要养活一家人。"

她看着我，对我说："也许你该出来自己混。"不论白天黑夜，这个念头在她脑中挥之不去。并不是说她要达到什么目的，而是必须要从我们现在的处境中摆脱出来。

李夫人凑近我。她低声跟我说话。我的翻译侧过耳朵去听："她的长子，有点混蛋。"

让我也向你们说说这到底是怎么回事。事情是这样的：为了抽鸦片烟，我大哥连小男佣的钱也偷。

她脸红了。这一刻她不再是佝偻、牙齿发黄、头发稀疏的八十四岁的越南老妇人，而是一个十六岁的小姑娘。她笑了："是，是……是，是……"她又说，"玛格丽特的大哥很英俊！一个花花公子……"她像做梦一样，又重复了一遍，"他很英俊！！！"然后，突然又说，"我可不是喜欢上他了，才不是。因为我父亲是老师，我很怕我父亲。我父亲教过玛格丽特的大哥和玛格丽特。"她又补充说，"我不知道玛格丽特想写作。甚至很久以后，我也不知道她写作。"

我当时还是这个家庭的成员，因为这是我栖身的地方，除此之外，别无他处。就在这个冷漠无情、艰难困苦的环境中，我深深地相信我自己，我有我自己最基本的抱负，那就是将来我一定要从事写作。

沙沥的女友后来再没有见过您。您离开交趾支那很多年后，您给她送过一个礼物……是托来巴黎旅行的中国情人的小姨子转交的，后来您再也没踏上过那片土地。一套梳子。那是1952年，那年您出版了您的第四本小说《直布罗陀水手》。李夫人从没忘记收到礼物那一刻的惊讶。但她不知道这份珍贵的礼物后来到哪儿去了。

李夫人没有读过《情人》。您的书她一本都没读过。她也没看让–雅克·阿诺的电影。

这是湄公河上的一次轮渡。沙沥的老妇人不知道书里有这一句。有句话让她笑得很厉害：我生活的故事并不存在。

# 幸存者

　　都说他失踪了。以为他疯了。或许死了。您死后三年半，他又浮出水面。带着一本书。《这份爱》（*Cet amour-là*）[1]。我还真想听听您对这本书有什么看法……

　　"这本书救了我。"扬·安德烈亚说出这句话。他光脚穿着鞋子，身着一件藏青色的上衣，很经典的款式，但已经旧了。他白衬衣的下摆发黄了，皱巴巴的，垂在屁股上。他抽烟，抽烟，继续抽烟，很长的香烟，他刚在嘴边点上就

---

[1] 中译《我，奴隶与情人——杜拉斯最后一个情人的自述》，海天出版社，2000年。

焦躁地掐灭了。他的脸有点浮肿，目光游离。

　　他一直保持微笑。笑得太多了。好像一个做错事被发现的孩子。好像他很抱歉出现在这里，在花神咖啡馆，在这个显然他是常客的地方，来谈论这个。谈论这本书。《这份爱》。好像他遗憾自己写了它。遗憾自己还活着，他，这个当年给您寄了那么多信的哲学系学生，比您小三十九岁的同性恋者，陪您度过您生命中最后十六年的人。

　　你们年龄的差距根本就不是什么问题，他从来没有想过。这是他说的。"她十八岁……"他没有说出您的姓，您的名，从来没有，"甚至在她不写作的时候，她也在创作，在幻想……有时候，我比她更累。因为她很累人！"

他讲述了你们俩坐在书桌前度过的日子。您口授，他记录。还有半夜开车兜风。他开车，强打起精神保持清醒。您选择路线，对一切都充满新奇。

他讲述了1996年您去世后他的空虚、深渊。有两年时间处在疯狂的边缘，魂不守舍。"这不是抑郁，不是，"扬·安德烈亚在《这份爱》中写道，"只是80年夏以来的倦怠，对这一生、对所有的书、对您、对我、对这一切感到倦怠。我再也受不了了。我已经没有力气。"

慢慢地，他开始写作。还是一些信。给杜拉斯的信，超越死亡的信。一些杜拉斯风格的信，在他的信中，我能听到您的声音，几乎像在读您写的东西。写作，为了不死，为了记得，为了和您一起过令他筋疲力尽的生活，还有这份不

扬和杜拉斯

可能的爱，你们之间的《这份爱》。"我试着谈这些，"他说，看上去很虚弱，"和一个写作的女人曾经一起的生活。"

他不再微笑了，"她什么都不肯放"。他的眼睛灰蒙蒙的，他已经不在那里了。他跟您在一起。就像从前您和他在一起一样，爱和恨都交织在一起。"就像她永远不会放过一篇文章，同样，她也不会放过我。日日夜夜都在一起。她对我充满激情，我对她也是。她总是那么强烈，那么情绪化，这就让一切变得既美妙又可怕。有时候，我几乎不能呼吸。于是我就离开。然后我又回来。我不能丢下她。她知道这一点。"

当他回来的时候，您对他大发雷霆，您极端的占有欲、嫉妒心，他都记得。他并没有把一切都说出来，而是忍住了。但怎么去忘却？"有

好几年，"他咬着牙齿说，但还是控制住了自己
的情绪，"我甚至不能打电话给我母亲。给我的
亲生母亲！"

他有一张恳切、惊慌的面孔，一张明明知
道答复是否定却还要恳求的脸。他就像一个六
岁，至多十二岁的孩子。他在虚空中一味地要
求。他吐痰、吐唾沫、咆哮！杜拉斯，他烦透您
了。"她受不了任何人。"

他又说了一遍："她受不了任何人。"

然后，颓废的，被征服了，狂乱了："她
说：'只有我受得了我自己！'明白了？"

您把扬·安德烈亚变成了您的情人、您的
司机、您的秘书、您的"坠子"。您的人物。您
把他放到您的生活、您的书、您的电影里，您改
了他的姓（勒梅），就像当初您当了作家就把自

杜拉斯和扬

己的姓氏画掉了一样。

那么他呢？他听之任之，甚至是求之不得。"说到底我不明白发生了什么。她要我做什么我就做什么。我说好的。我在那儿就是为了这个。我不问为什么。"

1980年，在和您见面的时候，他想死。今天，二十年后，还是这种情况。"我一直想自杀。我这一辈子都有这个执念。有点像她……除了一点，她比我更坚强。她有写作的激情。而我没有。像她一辈子所做的那样去写作，真的必须有这种需求，一种巨大的痛苦，要把它转化为别的什么。我呢，我并没有这种需求和痛苦。"

现在他要做什么，杜拉斯的扬·安德烈亚·斯坦内？"我不知道。什么都不知道。"

年老时的杜拉斯

# 生　日

　　我走着，在巴黎的圣伯努瓦街上走着。到今天，您去世十年。

　　您家对面的那个老报贩不见了。奢侈品商店越来越多。甚至您家附近的，您最喜欢的书店"沙发"也不复存在。迪奥尼斯·马斯科罗曾经青睐的埃斯科拉耶老酒吧也不见了，取而代之的是一家很现代、毫无特色的咖啡馆。要是您还活着，您肯定认不出您的街区了。

　　您的痕迹一点都不剩了。我走着，在巴黎的圣伯努瓦街上走着，而您已经不在这里。

# 友　人

　　您的儿子乌塔，就在附近。随着时间的流逝，他成了我的朋友。还有让–马克·杜林纳，时不时住在后面那个专门为朋友们准备的单身公寓里。

　　这两个人关系非常密切。我常常给他们写信。有时候我们三个人会在巴黎见面。每一次，您都在那里，在拐角处。

　　有时候，我去诺弗勒和乌塔会合。他要么听音乐，声音开得震天响，要么骂骂咧咧地除草。当他没有跟他的好伙伴让–马克在露台聊天

时，他会端着一杯乡下的苹果烧酒，嘴上叼着大
麻烟卷，眼睛望向公园……

　　您那件黑白格子、被虫蛀掉的砍柴时穿的
罩衫一直都挂在门厅。您的玫瑰也一直都在，迪
奥尼斯·马斯科罗以前种的那株。

# 不 朽

扬·安德烈亚，我没有见过。

除了那一天。

"杜拉斯去世十年了。"

同一家咖啡馆，花神咖啡馆。

充满传奇的咖啡馆，有人跟我说，您很少去那里。这个地方因为您讨厌的西蒙娜·德·波伏瓦而变得不朽，她太理性，或许还太专断，还非常有魅力，至少是在她那个时代，而这一切让她声名大噪。

在这个坐满有钱的日本人的地方，还有那

么几个法国的或说法语的知识分子，虽然您儿子拒绝去那里，但扬·安德烈亚依旧，而且一直是那里的常客。前台经理跟他打了招呼，无懈可击的侍应生围着白色的长围裙，对他很尊敬，很宽容，会避开众人跟他开些小玩笑。他们会偷偷给他一些特意为他准备的面包片，虽然他什么都没有点，那意思仿佛是：吃一点，扬，对你有好处。

他一直住在您留给他的公寓里，离这边两步路，离圣伯努瓦街5号也只有两步路，自然离乌塔家也就两步路。但扬·安德烈亚和让·马斯科罗已经有几年不说话了。两个人闹得很僵。早在您去世之前就互不搭理了。因为打了几场官司，两个人的关系越变越糟。

如果说，几乎不比您的前伴侣大的让·马

斯科罗几乎继承了您全部的财产和著作版权，您在遗嘱里却指定扬·安德烈亚做"文学执行人"——如果我理解得没错——拥有您作品出版及其内容的生杀大权，包括未出版的手稿。

这是您造成的麻烦，杜拉斯，您还在继续制造麻烦！

我没有告诉扬·安德烈亚我认识乌塔，还有那句他常挂在嘴边的"我一点都不杜拉斯"，他没完没了的抱怨"玛格丽特，现在是我"和他提出的"在绝望中快乐"。

我不会说出让·马斯科罗的名字，我避免谈到两个人由来已久的纠纷。我想知道《这份爱》的作者是怎么走出来的，我知道他的这本书在书店卖得很好，我看过让娜·莫罗在随后根据

这本书改编的电影里扮演的您，非常可怕。我还
看了他之后发表的书《就这样》。这本书没有说
服力，谁都不信，老实说他自己也不信。在这本
书里"上帝"这个词反复出现，让人感觉其实他
还是写给您的，您贯穿了整本书，您随处都在，
在每一页，每一个句子里，比如："在这个世上
我爱您胜过一切。"

我想知道他，扬·安德烈亚怎么样了。看
看您在他身上撒下的种子，不管是好的还是坏
的，会结出什么样的果子，但我事先不去预设会
是怎样的结果。通过他，我感兴趣的依旧是您。
别无其他。

他穿着一件淡颜色立领的衬衫，发黄、有
污渍、磨破了，缺了几颗纽扣，用一根别针别
着，好歹还能穿。他吸烟，吸烟，不停地吸烟，

还是同样超长的香烟。

他的头发白了，脸不再浮肿。他微笑着。不再像是做错事被发现的孩子，而是像一个男人，一个如释重负的男人，几乎是轻松的。"好些了，如果我敢这么说的话。好了。我已经度过了人们说的服丧期。我学会了一个人生活。"

他现在可以说您的名字，重读您的书了。"作为杜拉斯的读者，我非常感动。就像我在二十二三岁还是大学生时阅读一样，一样充满了激情。我读出书写得有多美妙，甚至那些和我有关的文章，我也可以重读，现在我好多了。而且我看到她在全世界都没有被遗忘。所有关于她的新书，所有关于她的学术研讨会，在她去世的十年里，这些和她相关的活动，在法国、在西班牙、在摩洛哥、在美国，到处都有……虽然我并

晚年杜拉斯

不是特别喜欢周年纪念，但还是看得出杜拉斯没
有被遗忘。就是这样。她还在那里。"

　　他很快乐，活跃。无论什么时候他都是您
最好的文学代理。"年轻人重新发现了她。这让
我很感动。她在去世前跟我说过这样的话。我在
《这就是一切》中记录的她临终时的话（对了，
这对他而言可都是素材，在他眼中，这里面没有
丝毫欺骗），我问她：'可是您能留下什么？'
她说了这句话，她说：'年轻读者。'她是对
的。"

　　他补充说："当她不在了，我感觉我看她
看得更清楚了。"他说以前，他总觉得羞愧，在
您死后甚至是在您生前的那些岁月。被大家当作
杜拉斯的小男人，他觉得很羞愧。"没有一点隐
私：她在书中已经说出了一切。"

您在您的访谈中也讲了很多东西。比如：
"如果说有一时期我说所有的男人都是同性恋
者，这或许是因为我和一个年轻的同性恋男人有
过一段炽热的感情，而他对我并没有欲望。但的
的确确，这个男人，我爱过他，他也爱过我。但
别人不理解这种奇怪的关系，但它是那么美好，
那么圆满，那么完整。关于我和男人们的一切都
是真实的，甚至是那些虚假的东西，它们也是真
实的。如果人们认为我对待我生命中的那些男人
的方式很可怕，那也是真实的。因为他人眼中的
也是我们自己。有过我日夜等他从集中营回来的
罗贝尔·昂泰尔姆，这是谁都不能忘记也无法否
认的。当他回来以后，我没办法再爱他……为了
理解这件事，我应该请您读一读《痛苦》。然后
有过迪奥尼斯·马斯科罗，他给了我一个孩子，
我的孩子，让，他是我的光，是我此生唯一的真
命天子。"

乌塔，您此生唯一的真命天子……他以前知道吗？他现在知道吗？

您跟您的儿子说过这样的话吗，杜拉斯？

扬·安德烈亚，他呢，您对他说过什么？据说到了生命的最后，您希望他跟您一起死。这是他告诉我的："她对我说：'可是扬，您一个人要怎么活？'按照她的逻辑，事实上应该说是我们两个人的逻辑，我必须和她一起离开人世。但真到了临终，她说不要。她最终接受了我留下来。她平静地去世了。她知道已经没什么可做的了……"

他谈到一开始，当您第一次给他打电话，邀请他来喝一杯，他丝毫没有想过等待他的是什么。"她在特鲁维尔，她给《解放报》写文章

（这些文章后来改写收进了《80年夏》），突然
她对我说：'您不想打字吗？'然后她说，'您
不想在这里睡吗，这里有一张床……'"

　　他补充说他再也没有离开，只因为在他看
来，根本不可能离开您。"我看到她是一个非常
脆弱的女人。很矛盾。对她自己所做的事情很自
信，但同时，她总是在问自己："我在做什么，
我要写什么？'她很痛苦，我很快就发现了。说
到底，她跟所有的女人一样，也跟所有的男人一
样：她害怕被抛弃。她孤身一人，处于困境。"

　　接下来的那些年，他说对他而言，感觉就
像是住在杜拉斯膳食公寓。"说到底，我看到的
只有她。有几次，我对她说："杜拉斯，我厌倦
了。'于是她抱住我，说："哦，扬，别这么
说，总是会回到杜拉斯这里的！'"

他笑了，笑得很厉害，笑了很长时间。他又说："她说得对。"

他谈了您死后的那几个月，他不能出门，不能一个人走路，他待在自己家里，不梳洗，不吃东西。"但我还是喝东西的。"他看着我的眼睛，说他记得我们上次在这里，在花神咖啡馆见面，"我当时状态不好。我整夜整夜喝酒。"

那么现在呢？"我感觉自己仿佛又回到了二十二岁。在一个很长的阶段，我的杜拉斯阶段之后。我开始照顾自己，我外出，在巴黎散步，看书，听音乐，见几个人。我想或许可以写一本书，但别写太多。我对此并不感到焦虑。"

仿佛又回到了二十二岁，是的，除了他已经五十三岁了。他不再想死。

扬·安德烈亚准备出发去越南，那里的人们在纪念您。他强调："您瞧，就好像她一直都在，随处都在，无比鲜活。"

# 债

亲爱的杜拉斯，

我应该这样开头：

我从来没明白您在我的生命中到底扮演什么角色，我总是搞不懂。我没有做完关于您的博士论文，我从来没有见过您。我到处寻找您的踪迹。我不停地沿着您的足迹往前走。太晚了。一直以来，对我和您都为时已晚。错过再错过，您在我的生命中就是一个永恒的错过。对我来说，是时候跟您做个了断了。

这是我一开始就想跟您说的话。

然而，不可能。

"我们总会回到杜拉斯那里……"

　　我们总会回到杜拉斯那里，是的……您已经深入到我的心里，您还在那里。依然那么鲜活，对我也一样。这可能听起来有点奇怪，但我丝毫都不觉得自己是在给一个死人写信。我希望您知道这一点。

　　今天，对我而言，就算您已经辞世，但留下了《劳尔·V.斯坦的迷狂》。留下了您写的书，拍过的电影。还有所有我欠您的。

　　如果不是您，十九岁的时候我就已经死了。我是这样想的。我欠您一条命，之后还有其余一切：我疯狂的激情，我的孩子，我的男人，爱情，我眼前的圣洛朗河，我原本可能会错过的一切。完了。

晚年的杜拉斯有些沧桑

## 附录

达尼埃尔·洛兰叙事的私密口吻让杜拉斯成了一个无法估量的人物，让我从头到尾都屏住呼吸，……我怀着激情读了这本书，因为叙事者用她自己的激情和对像"杜拉斯那样"生活的惊叹感染了我。我感觉到她在和他人分享她耕耘了近三十年之久的花园的幸福。我很理解她。

让-弗朗索瓦·柯雷波

《法语加拿大》，2006年9月13日

在这本书中，这个女记者完全袒露了她的心声，毫无保留地讲述了她对玛格丽特·杜拉斯作品的喜爱。这份爱带她去寻找她的同类，让她和很多人建立了联系，比如杜拉斯的儿子乌塔、马斯科罗一家、杜林纳和他的工作，还有杜拉斯的最后一个情人，温顺的、被吞噬了的扬·安德烈亚。她甚至还被同意对法国前总统弗朗索瓦·密特朗，杜拉斯在抵抗运动中的战友做了一次专访。她还去越南朝圣，去找湄公河上的渡轮，就像《情人》书中所描绘的那样……要知道一个杜拉斯迷的激情可以抵挡任何海洋，不管太平不太平。

尚塔尔·居伊

《报刊》，2006年9月16日

达尼埃尔·洛兰完全让读者进入到玛格丽特·杜拉斯的作品和生活中……不仅深入了女作家的人生，也讲述了从初读杜拉斯起这位作家对她的影响。"当您走进我的生活，我十九岁。我不知道我是谁。我想死。但我死不掉。"她这样写道。

《加拿大广播电台图书频道》，2006年9月1日

既是很私密的信，也是寻找一座女作家让它浮出水面的文学丰碑（从中了解到《广岛之恋》当中那句著名的"你害了我，你对我真好"是杜拉斯从她丈夫罗贝尔·昂泰尔姆那里借用来的）。这本浓缩而朴素的小书一口气就可以读完。而且作者并没有跌进"模仿杜拉斯"的陷阱中去。

阿尼克·杜夏泰尔

《字里行间》，2006年秋

读这本书，仿佛触摸到两个心灵，达尼埃尔·洛兰谦卑地带领我们寻访了杜拉斯的踪迹。洛兰的激情在清晰的真相中传达，我们通过她多次（成功）联系女作家和她的亲友的尝试，读到了她和杜拉斯一样的疑惑和信念。

《看蒙特利尔》，2006年11月2日

洛兰讲述了这一切，心里还在小鹿乱撞，在这个短小却浓缩的故事里，她成功地没有借用杜拉斯的风格描绘出了杜拉斯的世界。

达尼·拉费里埃

《报刊》，2006年10月20日